Frank Faber

Schäfers Tod

Die stille Wacholderheide ist Schauplatz eines grausigen Verbrechens. Der Schäfer Lamparter liegt tot in einer ehemaligen Sandgrube, durchbohrt von seinem eigenen Schäferstab. Ein schreckliches Bild, das sich an einem nebligen Sonntagmorgen dem ermittelnden Kriminalhauptkommissar Grießinger bietet. Zu allem Ungemach muss er auch noch mit Emilie Berta Lämmle zusammenarbeiten, einer etwas unkonventionellen Expertin für Täterprofile, die schon bald ihre eigenen Ermittlungen anstellt. Das ungleiche Gespann wird mit menschlichen Abgründen, verwirrter Heimatliebe, einer geheimnisvollen Fürstin vom Sternberg und explosiven Funden alle Hände voll zu tun haben. Ein Fall, wie ihn Grießinger noch nicht hatte und dazu noch mit Emilie Berta Lämmle, die seine gemütliche Vesper und sein geregeltes Leben vollkommen durcheinander bringt.

Frank Faber alias Frank Schmitt ist in Alpirsbach geboren und im Schwarzwald aufgewachsen, nicht weit entfernt von einem der heute besten Restaurants Deutschlands. So führte sein Weg beinahe zwangsläufig über das Kochen zum Schreiben, vom kulinarischen Genuss, zum genussvollen Mord. Sich selbst bezeichnet er, frei nach Balthasar Matzbach, als Universaldilettant, der nichts unversucht lässt, um seine Umwelt mit immer neuen Geschichten und Ideen in Aufruhr zu versetzen. Sein erster Kriminalroman ist die Geburtsstunde einiger schwäbischer und nicht so schwäbischer Charaktere, die er eigentlich schon lange auf die Welt bringen wollte, um sie, sofern die Leserinnen und Leser es wünschen, noch viele gemeinsame Mordsgeschichten erleben und erleiden zu lassen.

Frank Faber

Schäfers Tod

Ein Alb-Krimi

Oertel+Spörer

Anmerkungen des Autors:
Dieser Kriminalroman spielt an realen Schauplätzen auf der mittleren Schwäbischen Alb. Alle Personen und Handlungen sind frei erfunden. Sollten sich dennoch Ähnlichkeiten mit lebenden oder bereits verstorbenen Personen ergeben, so sind diese rein zufällig und nicht beabsichtigt.

Titelbild: Rüdiger Eichhorn, Panther Media

Bibliografische Informationen der Deutschen Nationalbibliothek

Die Deutsche Nationalbibliothek verzeichnet diese Publikation in der Deutschen Nationalbibliografie; detaillierte bibliografische Daten sind im Internet über http://dnb.d-nb.de abrufbar.

Postfach 16 42 · 72706 Reutlingen

Schrift: 10,2/12,3 pt Stempel Garamond
Umschlaggestaltung: Atelier Georg Lehmacher, Friedberg
Satz: Uhl + Massopust, Aalen
Druck und Bindung: Oertel+Spörer Druck und Medien-GmbH+Co., Riederich
Printed in Germany
ISBN 978-3-88627-430-7

»Leierklang aus Paradieses Fernen,
Harfenschwung aus angenehmen Sternen
Ras' ich in mein trunknes Ohr zu ziehn;
Meine Muse fühlt die Schäferstunde,
Wenn von deinem wollustheißen Munde
Silbertöne ungern fliehn.«

Friedrich Schiller:
Die Entzückung an Laura

1

Es war einer dieser Tage, die besser nie begonnen hätten. Kurz nach 7 Uhr, deutlich vor dem Aufstehen, klingelte am Sonntagmorgen das Telefon. Ungläubig öffnete Emilie ein Auge und wieder ertönte das nervige Geräusch. Sie weigerte sich aufzustehen und vergrub ihren Kopf unter dem Kissen. Es hörte nicht auf zu klingeln. Wer hatte eigentlich wieder vergessen den Anrufbeantworter einzuschalten?

Emilie versuchte unter ihrem Kissen den Rufton zu orten, bis ihr dämmerte, dass eigentlich nur die Basisstation schrillen konnte.

Seit ein Radiästhet in ihrem Haus eine schädliche Strahlendosis von Mobiltelefonen, Funkuhren und drahtlosem Internet festgestellt hatte, führte sie einen beherzten Kampf gegen alle Strahlenherde in ihrer Umgebung. Was im Verdacht stand, schädliche Strahlen auszusenden oder nutzlos Energie zu verbrauchen, wurde ausgeschaltet, vom Stromnetz getrennt und möglichst weit vom Schlafplatz weggelegt.

Jetzt fluchte sie innerlich über die Strahlenfreiheit in ihren Schlafräumen, denn das Telefon nervte noch immer. Mit einem Ruck setzte sich Emilie auf die Bettkante, stand mit einem Seufzen auf und wankte noch schlaftrunken aus dem Schlafzimmer hinaus und die Treppe hinunter zum Telefon. Entnervt riss sie den Hörer an ihr Ohr und flüsterte benommen »Emilie Berta Lämmle« in die Sprechmuschel.

»Kriminalhauptkommissar Grießinger, Josef«, sagte eine etwas zu hohe Männerstimme laut und deutlich am anderen Ende.

»Grießinger, du Schafseggel! Weißt du eigentlich, wie früh es ist?«

2

Emilie Berta Lämmle hatte sich auf die Treppe gesetzt, tief Luft geholt und versuchte immer noch, wach zu werden und den Kopfnebel zu vertreiben, den vermutlich das eine oder andere Glas Metzinger Hofsteige am Abend zuvor verursacht hatte. Nun begann Grießinger, ein unüberhörbares Grinsen im Gesicht, mit der Begründung für seine frühe Störung.

»Wissen Sie, nicht dass ich Sie wecken wollte, aber auf der Sternbergheide soll ein Toter liegen, besser gesagt sitzen, und um ihn rum ist ein Kreis aus Steinen gelegt und in seinem Mund soll ein Wacholderzweig stecken. Wissen Sie, mein Chef meint, so etwas verstünde ich nicht und deswegen solle ich Sie anrufen. Also verstehen Sie mich nicht falsch, wegen mir könnten Sie schon noch schlafen, aber halt wegen meinem Chef nicht.«

»Grießinger, du Grasdackel«, zischte Emilie fast unhörbar und fragte dann mit honigsüßer Stimme, wo denn der Tote zu sitzen beliebe und welchen Treffpunkt er vorzuschlagen gedenke, der werte und hochgeschätzte früh aufstehende Herr Grießinger.

Die Reaktion von Emilie Berta Lämmle rann ihm wie guter Most die Kehle hinunter und machte sich wohlig im Bauchraum breit. Der Tag hatte gut begonnen, die Lämmle war richtig angefressen und das bevorstehende Zusammentreffen mit ihr beflügelte ihn regelrecht. Außerdem stimmte ihn der Umstand fröhlich, dass er den Sonntag nicht in Reutlingen im Büro verbringen musste, sondern auf die Alb fahren durfte. Sie verabredeten sich am alten Schafhaus nördlich vom Sternberggipfel am Rande des Hardts, einer weiten Fläche nordöstlich unterhalb des Sternberggipfels gelegen. Vom Schafhaus waren es nur noch ein paar Meter zum Fundort der Leiche.

Josef Grießinger war Kriminalhauptkommissar und Leiter der Mordkommission in Reutlingen. Seit mehr als 30 Jahren war er im Polizeidienst. Seine berüchtigte Sturheit, der

leichte Hang zur Ehrenkäsigkeit und seine an Pedanterie grenzende detaillierte Recherche und Ordnungsliebe waren vermutlich erblich bedingt, denn seine Wiege stand in Upflamör auf der Schwäbischen Alb. Er entstammte einer katholischen Familie mit einem kleinen Bauernhof. Als dem jüngsten von drei Söhnen blieb ihm nur die Möglichkeit, auf einen Hof einzuheiraten oder vom Hof zu gehen und einen anderen Beruf zu erlernen.
Trotz aller Widrigkeiten und der Ungnade der späten Geburt war Grießinger Polizist aus tiefster Überzeugung. Er war einer von der alten Schule, der noch eine Zeit erlebt hatte, in der Verbrecher lokal begrenzt agierten und man ungefähr wusste, wo man zu suchen und zu ermitteln hatte. Grießinger kannte noch manchen Täter persönlich und oft ging er selbst zur Frau und den Kindern des Verhafteten, um sie zu trösten und ihnen Mut zuzusprechen.
Am meisten machte ihm das globalisierte Verbrechen zu schaffen. Er konnte sich nicht in die unterschiedlichen Mentalitäten der Täter aus aller Welt hineindenken. Die fremden Kulturen, die Sprache und die Motive der Neuen blieben ihm immer fremd.

Deshalb hatte ihm sein Chef diese Lämmle vorgestellt und ihn aufgefordert, mit ihr zusammenzuarbeiten. Sie war eine sogenannte neumodische Profilerin, die ihm erklären sollte, was der Täter denke und wo er sich aufhalten könnte.
Grießinger zog die Nase hoch und schüttelte den Kopf. Diesem Weibsbild würde er schon zeigen, wo der Bartel den Most holt.

3 Als Emilie wutentbrannt in ihr Schlafzimmer zurückkehrte, wurde sie bereits vom fragenden Blick ihres Mannes erwartet. Theo lag noch im Bett und bevor er seinen Blick zu einer Frage formulieren konnte, kam von Emilie nur ein einziges Wort: »Grießinger«. Theo beschloss, nicht nachzufragen und sparte sich jeden weiteren Kommentar. Emilie war mehr als schlecht gelaunt angesichts der Tatsache, dass sie ein warmes Bett mit Mann gegen einen feuchtkalten Herbstmorgen auf der Wacholderheide tauschen musste. Theo kannte diese Stimmung nur zu gut. Das Beste war, jede Angriffsfläche zu vermeiden und sich in Luft aufzulösen.

Nachdem sie hektisch ihre Kleider zusammengesucht hatte, warf sie noch einen bedauernd-lustvollen Blick auf Theo und das warme Bett. Ein genervtes »Ade!« zum Abschied, und schon hörte Theo das Auto mit durchdrehenden Reifen aus dem Hof fahren.

In Gomadingen bog Emilie ab und fuhr hinauf zum Sternberg.

Mit Schwung parkte sie ihr Auto vor dem alten Schafhaus neben Grießingers Daimler.

Mit seiner Schiebermütze in kariertem Tweed, die vermutlich bereits mit der Kopfhaut verwachsen war, seiner hellgrauen Allwetterjacke, die knapp bis unter den Hintern reichte, war Grießinger trotz der noch dichten Herbstnebelschwaden kaum zu übersehen. Die lange Jacke war ihm von seiner Frau verordnet worden, damit seine Nieren warm gehalten wurden.

»Am schlimmsten ist eine Blasenentzündung, fürchterlich schmerzhaft ist die«, pflegte sie in wissendem Hochdeutsch-Schwäbisch zu sagen. Auf diesen Satz folgte meist ein abschreckendes Beispiel einer Nachbarin, deren Mann wegen fortgesetzter Unvernunft und verantwortungslosen Leichtsinns eine fürchterliche Nierenentzündung hatte und dem nur geholfen werden konnte, indem ihm ein Katheder durch sein »Schnäpperle« geschoben wurde. Aus diesem Grund musste Grießinger zur Sicherheit – quasi präventiv – täglich nach Feierabend einen Blasen- und Nierentee trinken, den er aber nach Möglichkeit dem Gummibaum hinter seinem Fernsehsessel verabreichte, der es ihm seinerseits mit verstärktem Blattwuchs dankte, was wiederum seine Frau erfreute.

Wer Herrn Grießinger neben seinem betagten Dienstfahrzeug sah, konnte verstehen, warum er kein neueres Automodell wollte. Er und sein Daimler waren ein wunderbar altmodisches Paar, das aus einer anderen Zeit stammte. Gerade, schnörkellose Linien und Züge, eine unverwüstliche Lackierung und eine lang ausladende Motorhaube mit dem geliebten Stern vorne auf dem Kühler. Die zeitlose Musterung der Sitze passte sogar hervorragend zu seiner Mütze, ja sie schien aus dem gleichen Stoff gefertigt zu sein.

Der »Strich Acht« war ein gemütliches Auto, das nicht zum Rasen neigte und zuverlässig seinen Dienst versah. Es hatte seine Macken, wie Grießinger eben auch. Manchmal konnte man meinen, sie wären ein altes und unzertrennliches Ehepaar.

Kriminalkommissar Josef Grießinger arbeitete schon viele Jahre mit einem Team, in dem jeder seine Aufgaben hatte und jeder die Eigenarten des anderen bestens kannte. Seine Kollegen und er führten eine fast eheähnliche Beziehung, die morgens bei einem gemeinsamen Vesper begann und nach Feierabend nicht selten bei einem Krug Most endete.

Die Vesperpausen in Grießingers Büro waren im gesamten Präsidium bekannt, und bis heute hatte es keiner gewagt, diese sakrale Handlung schwäbischer Nahrungsaufnahme ernsthaft zu stören. Einem Grießinger schenkte man keine Blumen zum Geburtstag, sondern eine Büchsenwurst, einen Ring Schwarzwurst und einen ordentlichen Trollinger.

Kaum hatte Emilie das Schafhaus am Sternberg erreicht, stieß sie die Fahrertür auf und wollte Grießinger am liebsten fressen. Der Kommissar stand neben seinem Daimler, als könne er kein Wässerchen trüben, hatte seinen unschuldigsten Blick aufgesetzt und fragte mit der eigenen schwäbischen Verschlagenheit: »Ja guten Morgen, Frau Lämmle. Können Sie wirklich schon auf sein? Es ist ja noch gewaltig früh am Sonntagmorgen, oder?« Emilie war sprachlos angesichts dieser Unverfrorenheit und schwor innerlich teuflische Rache.

Emilie stieg aus dem Auto, knallte die Tür zu und ging auf Grießinger zu, der noch immer lächelnd, mit karierter Schiebermütze und seiner Lederaktentasche neben seinem Benz stand. Als er ihre knallgelben Gummistiefel und den kurzen roten Minirock über der rostbraunen Wollstrumpfhose erblickte, wusste er wieder schlagartig, was ihn an dieser Frau so grantig machte: »Wenn es Sie an d'Füß friert, tät ich lieber einen längeren Rock und keine Stallstiefel anziehen.« Emilie Berta zischte nur: »Sie sind jetzt besser erst mal still und außerdem friert es mich nicht.« Sie ließ mit diesen Worten Grießinger einfach stehen und stapfte mit erhobenem Kopf los in Richtung Sternberggipfel. Grießinger rief ihr noch nach, wo sie hingehen musste, und folgte ihr in sicherem Abstand.

Sie ging an den Zwillingsbuchen vorbei, weiter am Waldrand entlang, bis es links hinauf zur Wacholderheide am Sternberg ging. Warum musste sie eigentlich am Sonntagmorgen mit diesem Menschen über die Sternbergheide stiefeln? Emilie verfluchte den Tag, als sie von einem dynamischen, elegant wirkenden Herrn, mit stahlblauen Augen nach einer Lesung angesprochen wurde. Ihr sehr gut aussehender Gesprächspartner stellte sich als Leiter der Kriminalpolizei in Reutlingen vor und bat sie um ihre Mithilfe bei »seltsamen« Verbrechen. Sie sollte die ermittelnden Beamten bei Bedarf als eine Art Profilerin unterstützen und dabei noch andere Dinge zwischen Himmel und Erde in ihr Täterprofil mit einbeziehen, als sich die meisten Kriminalbeamten überhaupt vorstellen konnten.Nach einigen Schritten erreichte sie ein paar Schafe, die verstreut und etwas verloren zwischen den Wacholderbüschen standen. Einen Schäfer oder Pferch konnte sie nirgends entdecken, lediglich zwei Hütehunde lagen bei den Schafen. Weiter oben am Waldrand standen noch mehr Schafe unter den Bäumen. Auf der Wacholderheide war überall Schafkot verstreut. Die Herde musste also die ganze Nacht hier am Sternberg gestanden haben.

Es war die Jahreszeit der jungen Baldachinspinnen und ihrer filigranen Gespinste, der flammenden Naturfarben und der Vergänglichkeit. In den Netzen der Spinnen sammelten sich Tautropfen, die mit den ersten Sonnenstrahlen wie Perlen zu glitzern begannen. Sanft strichen die letzten Nebelschleier zwischen den Wacholderbüschen, Hundsrosen und Wetterkiefern umher, um sich nach einer langen Nacht endlich zu verlieren.

Emilie folgte dem Trampelpfad bis zum Ende der Heckenstreifen und bog dann oberhalb der Hecken links ab. Dem Verlauf des Gebüsches folgend, erreichte sie den Touristen-Rennsteig, der zum Sternberghaus und zum Aussichtsturm hinaufführte. Der breite zertrampelte Weg glich einer offenen Wunde, die sich durch die Heidelandschaft zog.

Kurz bevor sie den Wald um den Gipfel herum erreichte, befanden sich links des Touristenweges mehrere Sandgruben. Noch vor einigen Jahrzehnten wurde hier von den Sandlern Putzsand und Bausand abgebaut. Jetzt waren diese Reste der einstigen Sandgewinnung beliebte Kinderspielplätze zum Versteckspielen, Herumklettern oder hin und wieder auch eine romantische Gelegenheit für Liebespaare, die, geschützt vor neugierigen Blicken, ein wenig poussieren konnten. Aber nun war eine der Sandgruben abgesperrt und im weiteren Umkreis herrschte reges Treiben.

Emilie erreichte das rot-weiße Absperrband, das um den Fundort der Leiche gezogen wurde, und versuchte die Szenerie zu überblicken. Tatorte kannte die Profilerin bis zu diesem Tag nur aus dem Fernsehen oder von Tatortbildern aus Grießingers Akten.

In der alten Sandgrube saß ein Mann, den Kopf nach vorne geneigt. Er trug einen langen, dunkelfarbenen Kittel und feste Wanderstiefel. Ein friedliches Bild von einem schlafenden Schäfer, wenn da nicht der Schäferstab in seinem Bauch stecken und er nicht in einer Blutlache sitzen würde.

Grießinger hatte zwischenzeitlich ebenfalls das Absperrband erreicht und betrachtete aufmerksam das Geschehen.

»Wer macht die Spurensicherung?«, fragte er einen Polizisten, der unweit von ihnen am Absperrband zur Tatortsicherung stand.

»Der Chef macht heute höchstpersönlich die Spurensicherung.«

»Dann wird es wohl besser sein, wenn wir no a bissle warten.« Und mit einem Seitenblick auf Emilie fügte er hinzu: »Machen Sie nur langsam, solang der mit seine Leut schafft, kann der niemand zu nah am Tatort gebrauchen. Der Lichtner wird sonst kreuznarret.«

Emilies Augen blitzten bei dem Namen Lichtner kurz auf.

»Nur keine Sorge.« Bei diesen Worten Emilies kam oberhalb der Sandgrube ein wahrer Menschenberg hinter einer Weidbuche hervor. Am Grubenrand ging er vorsichtig und erstaunlich leichtfüßig den Hang hinunter.

Bei seinem Anblick stieg Emilie ohne zu zögern über das Absperrband und hüpfte in ihren knallgelben Gummistiefeln ausgelassen auf Fritz Lichtner, den Leiter der Spurensicherung, zu. Lichtner blieb sein Wutschrei im Halse stecken, als er die kunterbunte Frauengestalt erkannte. Die Zornfalten wichen einem Ausdruck der vollkommenen Überraschung und Verblüffung.

Grießinger hingegen blieb beim Anblick der losstürmenden Emilie regelrecht das Gesicht stehen. »Halt, bleibet Se standa.« Er rechnete bereits mit einem der berüchtigten

Wutausbrüche Lichtners, der es niemals duldete, dass irgendjemand anderes während der Spurensicherung den Fundort einer Leiche oder einen Tatort betrat. Dieses Mal blieb es seltsamerweise still und Grießinger meinte sogar ein Lächeln im Gesicht Lichtners zu erkennen. Was hatte dieses Teufelsweib bloß an sich, dass sie den Urzorn eines Fritz Lichtner zähmen konnte? Es dauerte eine Weile, bis er sich von dem Schrecken erholt hatte, schüttelte dann ungläubig den Kopf, zog die Schultern hoch und wartete einigermaßen gespannt, was der innigen Begrüßung folgen würde.
Fritz Lichtner hatte barocke Ausmaße mit seiner Körpergröße von zweimeterundfünf und einem respektablen, genussvoll erarbeiteten Bauch. Seine Kopfbehaarung bestand aus den kreisförmig angeordneten Resten einer einst lockigen Mähne und zwischen den vollen Lippen qualmte hin und wieder eine edle Zigarre, es sei denn, er befand sich bei der Arbeit. Seinen Körper hüllte er mit Vorliebe in riesige Hemden oder T-Shirts. Dazu trug er bequeme Wampenhosen, die ihm sein Herrenausstatter vornehm als Hosen mit Unterbauchschnitt verkaufte. Seine Füße steckten aus tiefer Überzeugung und Leidenschaft in handgenähten schwarzen Lederschuhen der komfortablen Größe 50. Vor Ort und im Gelände trug er am liebsten Hunters Original-Gummistiefel aus England. Lichtner legte Wert auf Stil und gutes Essen.
Trotz seiner ausschweifenden Maße und berüchtigten Feinschmeckerei war er ein penibler, akribischer Arbeiter und Ermittler. Sein Reich war der Ort eines Verbrechens und diesen abgesperrten Bereich verteidigte er mit Vehemenz und an Sturheit grenzender Beharrlichkeit gegen Eindringlinge. Ganze Horden von neugierigen Journalisten und ehrgeizigen Assistenten hatten bereits seinen Zorn, der sich meist in derben, gebrüllten Kraftausdrücken äußerte, zu hören bekommen. Bei unnötigen Spuren am Fundort verlor

er jede Freundlichkeit und verleugnete konsequent seine ansonsten durchaus gepflegte Erziehung, bis Emilie Berta Lämmle das erste Mal einen seiner Tatorte betrat (oder vielleicht besser erstürmte).

Mit Emilie Berta Lämmle verband Lichtner die Erinnerung an eine längst vergangene, schwer leidenschaftliche und durchaus lustbetonte Liebschaft, die einst von ausufernden Spaghetti-Orgien und Champagnergelagen geprägt war. Die Freude über das unverhoffte Wiedersehen ließ ihn erstaunlicherweise seine Prinzipien für kurze Zeit vergessen. Emilie war in seine ausgebreiteten Arme gehüpft und zappelte nun, bedingt durch den Größenunterschied, mit ihren Füßen in der Luft. Lichtner stellte sie wieder sanft auf den Boden und schob sie eine Armlänge von sich, um sie von oben bis unten zu betrachten.

»Du wunderbare, unvergessene Frau meiner sündigen Nächte, was treibt dich in meine Arme zurück?«

»Ich bin quasi eine Kollegin von dir. – Aber nur für seltsame Fälle«, fügte sie noch schnell hinzu, als sie seinen ungläubigen Blick sah.

»Du nimmst mich auf den Arm. Eigentlich hast du hier absolut nichts zu suchen.«

Lichtners Ton wurde wieder dienstlicher und er drängte Emilie in Richtung Absperrband. Emilie jedoch nahm Lichtner bei der Hand, versprach, später alles zu erklären, und fragte ihn mit unschuldigem Blick, ob sie die Leiche genauer betrachten dürfe. Noch ein bisschen widerwillig stimmte er zu und staunte über sich selber, doch da war es wieder, das Kribbeln im Bauch …

Sie erreichten den toten Mann in der Sandgrube und Emilie löste sich von Lichtners Hand. Der Tod an sich hatte für Emilie nichts Bedrohliches. Es war vielmehr die Gewalt, mit der manche Menschen den Tod fanden, die sie betroffen machte und ihr manchmal sogar Angst einflößte. Als sie niederkniete und das Gesicht näher betrachtete, erkannte sie den Schäfer Rudi Lamparter, der ihr hin und wieder im Lautertal bei ihren Wanderungen und Buchrecherchen begegnet war. Außer dem Schäferstecken in seinem Bauch hatte Rudi Lamparter noch eine große Wunde am Hinterkopf, die das poröse Dolomitsandgestein am Grubenrand dunkelrot gefärbt hatte. In seinem verzerrten Mund steckte ein Wacholderzweig. Die Finger der linken Hand waren gekrümmt, als ob der Tote versucht hätte, sich festzuhalten. Die rechte Hand war zu einer Faust geballt und Emilie spürte, dass Rudi im Todeskampf etwas umklammert hatte. Sein Gesicht wies mehrere Blutergüsse auf, die vermutlich auf Schläge oder Fausthiebe zurückzuführen waren.

Die Todesstarre hatte längst eingesetzt. Emilie fragte Lichtner, ob sie den Toten berühren dürfte. Mit einem kurzen Nicken antwortete er und Emilie trat einen Schritt näher an die Leiche des Schäfers heran. Ihr fiel auf, dass sie ihn ohne seinen Hut aus der Ferne nicht erkannt hatte. Der Hut lag am Rande der Sandgrube. Sie strich dem Schäfer sanft die Haare aus seiner Stirn und wünschte ihm eine gute Reise ins Jenseits. Es war noch da, das Innerste dieses Menschen. Sie spürte seine Seele. Es würde noch eine Weile dauern, bis die Seele dieses Menschen den Ort verlassen konnte.

Ein Wacholderzweig, der wie bei einem geschossenen Rotwild in seinen verzerrten Mund gesteckt worden war, irritierte sie. Der Bruch stellt im Verständnis der Jäger den letzten Bissen für das Wild dar. Diese Form der Aussöhnung mit dem getöteten Wildtier ging vermutlich auf Riten von Jägern der Vorzeit zurück. So etwas hatte sie noch bei keinem toten Menschen gesehen und ein solches Bestattungsritual war ihr ebenfalls nicht bekannt. Und warum wurde ausgerechnet ein Wacholderzweig verwendet? In der näheren Umgebung gab es genug Fichten und Kiefern. Die Verwendung eines solchen Zweiges würde dem Jagdbrauch eher entsprechen. Der Tote saß inmitten eines Steinkreises,

der vermutlich extra für diesen Zweck gelegt wurde. Emilie war irritiert. Irgendetwas passte hier nicht zusammen. Zu viele Zeichen fanden sich an diesem Ort des Todes.
Die verkrampfte, geschlossene Faust des Schäfers machte Emilie besonders neugierig. Sie sah sich nach Lichtner um und fragte ihn, ob sein Team die Faust bereits näher untersucht hätte. Lichtner schüttelte den Kopf und meinte, dass die Totenstarre es unmöglich gemacht hätte, die Finger zu öffnen.
Emilie wurde von ihrer Neugier getrieben und kniete sich auf den Boden neben die verkrampfte Hand. Dabei achtete sie darauf, nicht in die Blutlache zu treten. Sie versuchte den Arm des Toten etwas nach vorne zu drücken, um die Faust besser betrachten zu können. Zwischen den Fingern schien etwas Rostiges, Metallisches zu sein. Emilie rief Lichtner zu sich und zeigte ihm ihre Entdeckung. Interessiert beugte er sich tief hinunter und versuchte die Finger ein wenig weiter zu öffnen. Der längliche Gegenstand sah aus wie eine Metallhülse oder eine Gewehrpatrone. Genaueres würde sich aber erst in ein paar Stunden in der Gerichtsmedizin feststellen lassen.
Während sie die Hand des Toten untersuchte, hörte sie aus einiger Entfernung ein Knurren. Irritiert blickte sie sich um, konnte aber die Herkunft des Geräusches nicht orten. Die Spürhunde waren schon längst wieder mit ihren Hundeführern abgefahren und Spaziergänger waren nirgends zu erblicken.
Lichtner hatte wohl auch etwas gehört, denn er suchte mit seinen Augen ebenfalls die Umgebung ab. Aber er konnte genauso wenig entdecken und sah deshalb wieder Emilie bei ihren Untersuchungen zu.
Unbemerkt löste sich ein Schatten vom Waldrand oberhalb der Sandgruben und rannte den Berg hinunter, direkt auf Emilie zu. Lichtner bemerkte den riesigen Hund erst, als er keuchend und mit weit aufgerissenem Maul zum Sprung an-

setzte. Emilie versuchte instinktiv zur Seite zu hechten. Es war zu spät. Lichtner stand mit entsetztem Blick wie angewurzelt da und Emilie lag wehrlos auf dem Rücken, als das weiß-gelbliche Untier in der Sandgrube einschlug und mit einem eleganten Haken direkt auf Emilie zusprang. Schützend riss sie ihre Arme vors Gesicht und schrie aus Leibeskräften.
Der Hund warf sich zwar regelrecht auf Emilie, biss sie jedoch nicht, sondern winselte und schleckte sie mit seiner riesigen, triefenden Zunge an jeder Stelle im Gesicht ab, die er trotz der schützenden Hände und Arme erreichen konnte.
Bei diesem Anblick löste sich allmählich die Schrecklähmung von Lichtner und er begann erleichtert aus vollem Hals und mit hüpfendem Bauch zu lachen.
»Liiiiiichtner, Hemmlarschgreizdeiflfurzkanonarohr, tu das Riesenvieh von mir runter.« Leider verstand das Riesenvieh ihren Fluch als Aufforderung, seine Liebesbezeugungen zu intensivieren, und Lichtner war nun nicht mehr vor Schreck handlungsunfähig, sondern vor Lachen.
Mit aller Kraft versuchte sie das sabbernde Ungeheuer zur Seite zu drücken und sich selbst mit einer Drehung aus der Gefahrenzone zu bringen. Mit viel Stöhnen und Strampeln gelang es ihr schließlich, und wutentbrannt stapfte sie auf Lichtner zu, der sich noch immer den Bauch hielt. »Du Oberseggel, des Untier hätte mich auch fressen können. Du bisch mir an rechter Freund«, schrie sie ihn an.
Jetzt merkte Lichtner, dass sie es durchaus ernst meinte und ihr nicht zum Spaßen war. Mit einem schuldbewussten Sünderblick sah er sie an.
»Ich habe heute schon genug Hund gehabt, ich brauche nicht noch einen Dackel dazu.«
Sie begann zu schluchzen und Lichtner plagte ein bisschen das schlechte Gewissen wegen seiner zügellosen Schadenfreude.

Der Hund schnupperte unterdessen vorsichtig an dem toten Schäfer. Emilie hatte sich wieder etwas beruhigt und betrachtete das Untier nun etwas genauer. Es handelte sich zweifelsfrei um eine Hündin. Vermutlich war es irgendein ungarischer oder französischer Hirtenhund. Das drahtige, dichte Fell war relativ kurz. Am Hals der Hündin konnte man ein Lederhalsband erkennen.
Emilies Blick wurde milder, als sie das Tier betrachtete. Der Hund schien verletzt zu sein. Die Haare an seinem Kopf und an der Schulter waren mit Blut verklebt. An der Schnauze klebte ebenfalls verkrustetes Blut. Vorsichtig streichelte sie ihm über den Kopf und tastete nach der Wunde. »Bist ein braver Hund«, redete sie mit sanfter Stimme auf ihn ein. »Ist das dein Herrchen da drüben?« Auf dem Halsband war der Name Laika eingestanzt. Jetzt erkannte sie die Hündin wieder. Es war der Leithund des Schäfers Lamparter. Beim Kräutersammeln war sie einmal dem Schäfer begegnet und hatte das Tier schon damals bewundert. Als sie den Schäfer auf seine Hündin ansprach, spürte sie den Stolz in seiner Stimme, als er von seiner lieben Laika erzählte.
Emilie überprüfte noch die Wunden an Schulter und Schnauze. Es schienen beides nur Fleischwunden zu sein. Dann flüsterte sie dem Hund ins Ohr: »Braver Hund. Wenn du nur reden könntest, wüssten wir bald, wer dein Herrchen umgebracht hat.«
Zwischenzeitlich war die Arbeit der Spurensicherung abgeschlossen und die Leiche wurde abtransportiert. Um die Sandgrube herum wurde das Absperrband vervollständigt und mit dem Hinweis versehen »Gesperrt – Polizeiliche Ermittlungsarbeit«.
Grießinger stand etwas verloren auf der Wacholderheide und wartete, bis Lichtner und Emilie mit ihrer privaten Ermittlungsarbeit fertig waren. Grießinger konnte warten. Er war ein erfahrener Beobachter, dem kein Detail entging. Aber mit einem Toten in einem Steinkreis und einem Wa-

cholderzweig im Mund hatte er es noch nie zu tun gehabt. Er mochte diese psychologischen Fälle nicht, in denen man meist tief in die Abgründe der menschlichen Seele hinab sehen musste. In seiner Vorstellungswelt geschahen Morde aus Habgier, Eifersucht, Leidenschaft und nur ganz selten aus anderen, unerklärlichen Gründen. Die Berücksichtigung einer schweren Kindheit oder andere mildernde Umstände waren ihm zuwider, weil sie meist zu einer kürzeren und unzureichenden Haftzeit führten. Wer gegen das Gesetz verstieß, sollte auch dafür büßen.
Warum jemand den Schäfer Lamparter ermordet und mit so seltsamen Zutaten geschmückt haben könnte, konnte er sich nicht vorstellen. Doch trotz aller inneren Widerstände fand er schnell den Weg zur Routine zurück und machte sich eifrig Notizen in sein liniertes Merkheft, das seine Frau günstig aus der Auflösung eines alten Schreibwarengeschäfts erstanden hatte. Ursprünglich war es wohl als Vokabelmerkheft gedacht. Grießinger jedoch nutzte das praktische Heft im DIN-A6-Format als sein persönliches Notizbuch. Er schätzte die alten Schreibschriftlinien sehr und bemühte sich, wie einst in der Volksschule, besonders schön zu schreiben.
Auf der Wacholderheide kehrte wieder Stille ein, als wäre nie etwas passiert.
Der Schäfer war tot!
Wer sollte nun die Schafe hüten?

4 Emilie und Lichtner blieben bei den Tieren, während Grießinger losfuhr, um am Sonntagmorgen einen Schäfer zu finden, der die Tiere versorgen konnte und die Hunde vorerst aufnahm. Bis zu seiner Rückkehr wollten sie eine große Runde um die Wacholderheide gehen, um zu sehen, wie weit die Schafe im Gelände verstreut waren, und um nach weiteren Spuren zu suchen. Außerdem mussten die Hunde versorgt werden. Sie hatten nach der Nacht auf der Schafweide mit Sicherheit Hunger. Vielleicht gab es im Schafhaus Wasser und etwas zu fressen für die Tiere.

Emilie war nach der Begegnung mit Lichtner etwas konfus und schob die Fragen, die der Tote am Sternberg ihr stellte, bis auf Weiteres weit von sich. Die leidenschaftliche Beziehung zwischen Lichtner und Emilie endete vor 25 Jahren sehr abrupt und schmerzhaft. Emilie war ausgebrochen, hatte Angst vor der schwindelerregenden Höhe ihres Glücks bekommen und eines Morgens ihre Koffer gepackt, während Lichtner ahnungslos bei der Spurensicherung war. Seitdem hatten sie nichts mehr voneinander gehört. Briefe und Anrufe ließ Emilie unbeantwortet. Sie litt und wollte vergessen. 25 Jahre später kribbelte es jedoch noch immer in ihrem Bauch, wenn sie Fritz Lichtner ansah.

»Bist du mir noch böse?«, fragte sie ihn vorsichtig.

»Du bist mir noch was schuldig: einmal Spaghetti und zwei Flaschen Rotwein.« Lichtner konnte sein genussvolles Grinsen kaum verbergen.

5 Vom Sternbergparkplatz fuhr Grießinger zuerst ins Tal hinunter. Er erinnerte sich noch an den Weg durchs Wolfstal, der am Hungerberg und Hackberg vorbei direkt ins Lautertal führte. Vor vielen Jahren war er hier mit seiner Frau und seinen Kindern auf einer Wanderung unterwegs. Im Tal unten angekommen, überquerte er die Bahnlinie, danach die Lauter, vollzog einen Schlenker nach links und bog nach rechts in den Weg zum Schafstall. Nach einigen Metern erreichte er das stattliche Gebäude, welches von außen an eine große Scheune erinnerte. Der Schafstall sah verlassen aus und nur um sicherzugehen, ob vielleicht doch jemand da war, öffnete er die unverschlossene Stalltür und blickte in Hunderte ahnungsloser und überraschter Gesichter von Schafen, die seine Neugier mit lautem Blöken beantworteten.
Aber niemand war zu sehen. Also fuhr er weiter nach Münsingen hinein zu Valentin Voigt, einem Münsinger Schäfer. Dort hatte er Glück und die Voigts waren tatsächlich zu Hause. Frau Voigt, die Schäfersfrau, hatte bereits neugierig das Küchenfenster geöffnet, als Grießinger im Hof ausstieg. »Morga«, rief sie. »Suchet Sie ebber?« Grießinger kam ein paar Schritte näher und zeigte ihr seinen Dienstausweis.
Beim Anblick des Ausweises wurde sie blass und drehte sich zu ihrem Mann um, der am Küchentisch die Sonntagszeitung las. Grießinger beschwichtigte zugleich, dass er nicht ihretwegen komme, sondern am Sternberg einen Schäfer brauche.
»Hat d'r Lamparter wieder seine Schaf' saua lassa?«, bruddelte Voigt vom Küchentisch. Die Frage war eher eine spöttische Feststellung.
»Der Herr Lamparter lässt keine Schafe mehr herumspringen. Er ist ziemlich tot und seinen Schafen fehlt dringend ein Schäfer. Könnten Sie sich vorstellen, die Schafe zusammenzutreiben und ins Schafhaus zu bringen? Wir regeln dann morgen, wer die Tiere weiter versorgt.«

Grießingers fragender Blick wurde von Voigt mit einem Schulterzucken beantwortet, »Wenn 'r niemand findet, dann muss i halt numfahra«, bruddelte er wieder und verschwand in der Küche. Grießinger kannte den einen oder anderen Schäfer aus seiner Kindheit und Jugend. Meist waren es knitzige, schwer durchschaubare Menschen, aus denen man nicht schlau wurde und die nur selten zeigten, was in ihnen vorging. Die offene Reaktion Voigts überraschte den Kommissar. Es schien, als hätte Valentin Voigt gewusst, dass er heute noch an den Sternberg müsse.

Wenig später lief der Schäfer im Schäferkittel über den Hof zum Stall, pfiff seinen Hunden, die auf die Ladefläche seines Pick-up-Geländewagens sprangen. In Richtung Grießinger rief er: »I fahr jetzt zum Sternberg 'nauf«, und schon war er eingestiegen und davongefahren. Grießinger verabschiedete sich bei Frau Voigt und stieg ebenfalls in sein Auto. Bedächtig drehte er den Zündschlüssel, gab behutsam Gas und fuhr gemächlich zurück zum Sternberg.

Eigentlich fuhr Josef Grießinger gerne Auto. Dabei ging es ihm aber nicht darum, möglichst schnell und komfortabel von A nach B zu kommen, sondern er liebte das Spazierfahren. Stockten seine Ermittlungen, setzte er sich in seinen betagten Benz und fuhr auf die Albhochfläche bis hinunter zur Donau. Spätestens ab der Honauer Steige wurden seine Gedanken klarer und manches unklare Teil des Tatpuzzles bekam endlich seinen richtigen Platz. Die endlose Autoschlange, die bei diesen Ausfahrten hinter ihm die Steige hochkroch, ignorierte er. Für ihn und sein Vehikel waren 35 Stundenkilometer auf der Honauer Steige ein ordentliches Tempo und Raser konnte er noch nie leiden. Noch nicht einmal überholende Radfahrer machten ihn wirklich nervös oder bewegten ihn zu einer leichten Geschwindigkeitssteigerung. Sollte ein nachfolgender Fahrer wider Erwarten doch einmal die Nerven verlieren und zu einem verzweifelten, waghalsigen Überholmanöver ansetzen, zuckte

Grießinger verständnislos mit den Schultern und bedauerte die hektischen Zeiten.
Auf seiner Fahrt zum Sternberg kreisten seine Gedanken um Emilie Berta Lämmle. Er fühlte deutlich, dass die letzten Jahre seiner Dienstzeit nicht so ruhig und entspannt verlaufen würden, wie er es sich vorgestellt hatte. Diese Frau passte nicht in sein geordnetes, schwäbisches Weltbild und war ihm zu spontan, zu schrill, zu unberechenbar. Seine Spontanität beschränkte sich auf die Entscheidung, ob er in der Wirtschaft saure Kuttla oder saure Nierle essen würde. Ansonsten verlief sein Leben in geplanten, überschaubaren Bahnen.
Ihr erstes Zusammentreffen fand zur denkbar ungünstigsten Zeit statt. Josef Grießinger zelebrierte mit seinen Kollegen die Vesperpause. Dazu lagen ein Laib frischen Bauernbrots, eine Pfeffer-Schwarzwurst, gerauchte Schinkenwurst, Albkäs und Senf auf dem Tisch, in dessen Mitte noch eine Flasche Trollinger oder manchmal auch ein Krug Most thronte. Grießinger schnitt gerade einen Riebel Brot runter, da öffnete sich mit Schwung die Bürotür und Emilie Berta Lämmle stand vor ihm. Grießinger war zwar informiert worden, dass sich an diesem Tag diese Profilerin vorstellen würde, er hatte auch etwas befremdet und verwundert das Klopfen an der Tür gehört, aber dass sie die Frechheit besaß, ausgerechnet sein Vesper zu stören, war ihrer zukünftigen Beziehung in keiner Weise zuträglich.
»Guten Tag, ich bin Emilie Berta Lämmle und freue mich auf die Zusammenarbeit mit Ihnen.«
Stille. Nur dumpfe Kaugeräusche waren zu hören. Grießinger schnitt sich mit Bedacht ein Stück Schwarzwurst herunter und zeigte damit in Emilies Richtung:
»Ich freu mich nicht, wenn mich jemand beim Vespern stört, aber kommen Sie rein, wenn Sie schon mal da sind.«
Grießinger konnte, wenn er wollte, ein fast akzentfreies Beamten-Hochdeutsch sprechen. Schwäbisch schwätzte er

nur, wenn es die Situation erforderte oder wenn er einem Mitmenschen seine Sympathie oder aber Antipathie ausdrücken wollte.
Legendär war die Situation auf der Neckarbrücke in der Nachbarstadt Tübingen, als er in Begleitung eines Kriminalbeamten aus Hamburg, der ihm im Rahmen eines Dienstaustauschprogramms zugeteilt worden war, vollkommen unverhofft einen alten Bekannten traf.
»Du altes Arschloch, wie geht's au dir«, war seine Begrüßung, die bei seinem dienstlichen Begleiter aus dem hohen Norden blankes Entsetzen und einen hochroten Kopf zur Folge hatte. Vermutlich befürchtete er, dass es aufgrund der Beleidigung zu einer wilden Schlägerei mit einem Polizeibeamten kommen würde. Nichts dergleichen geschah, denn der Schwabe und insbesondere der Älbler hat manchmal eine durchaus etwas derbe, aber dafür umso ehrlicher gemeinte Art der freudigen Begrüßung. Im Normalfall aber reichte ein gebrummeltes »Tag« oder »'s Gott« vollkommen aus, um seinem Gegenüber zu signalisieren, dass man auch da sei.
Emilie betrat die Büroräume der Mordkommission, stellte ihren Weiden-Henkel-Korb auf den Tisch und schmetterte ein »Guten Appetit, die Herren« in die Runde. Dabei streckte sie den Männern reihum ihre Hand zur Begrüßung hin, was zu eifrigem Finger-an-der-Hose-Abwischen sorgte.
»Jetzt vespern Sie ruhig zu Ende und ich koche mir so lange einen Tee, dann können wir uns immer noch besprechen.«
Während Emilie ihren Korb nach ihrer Spezial-Teemischung durchsuchte, den sie überall hin mitnahm, wurde sie aufmerksam von Grießinger gemustert, der dabei sein Stück Schwarzwurst in der Hand vollkommen vergessen hatte. Ihre Kleidung hatte Emilie an diesem Tag besonders liebevoll ausgewählt. Ein kurzer Jeansrock, der knapp bis oberhalb des Knies reichte, Strickstrumpfhosen in einem fröhlichen Froschgrün, Pulswärmer an den Handgelenken, ein knallbunter Schal um den Hals und ihre Lieblingsfellstiefel an den

Füßen. Auf ihrem Kopf befand sich eine russische Fellmütze, deren Ohrenklappen weder oben noch unten zusammengebunden waren, sondern wie zwei hängende Flügel von der Mütze seitwärts abstanden. Die gesamte Erscheinung dieser Person ließ Grießinger nichts Gutes ahnen und war für sein katholisch erzogenes Auge fast unerträglich.

»Ist eigentlich schon Fasnet oder kommen Sie vom Zirkus?«, rutschte es Kriminalhauptkommissar Grießinger heraus.

»Ihnen tät ein bisschen Farbe auch gut«, antwortete Emilie und schaute sich dabei mit spöttischem Blick um.

Als Nächstes nahm Grießinger einen durchdringenden Duft war, der seine Laune an diesem Tag vollends verdarb. Der intensive Geruch von Kräutern, Zimt und anderen undefinierbaren Gewürzen mischte sich mit den feinen Aromen der Schwarzwurst, des Bauernbrots und seiner geliebten Schinkenwurst zu einer absolut schwäbisch-kulinarischen Katastrophe.

Damals, nach ihrem ersten Zusammentreffen, hatte er noch die stille Hoffnung, dass Frau Lämmle nicht lange mit ihm zusammenarbeiten würde. Die Vorstellung, dass jemand mit diesem Äußeren akribische Polizeiarbeit unterstützen könnte, erschien ihm vollkommen absurd.

Frau Lämmle, die Profilerin, Schriftstellerin und Inhaberin einer Herberge, galt als profunde Kennerin der Alb, der kein Brauch und keine Eigenart dieser Gegend unbekannt waren. Sein Kollege Baisch hatte ihm bereits berichtet, dass man Frau Lämmle auch mit seltsamen Ritualen, wie Vollmondtänzen, Kräuterzauber und Frauenzirkeln in Verbindung brachte. Baisch erweckte bei diesen Worten den Anschein, als würde er von einer mittelalterlichen Hexe sprechen. Sein Gesichtsausdruck machte deutlich, dass er dieser Frau alles zutraute. Schon seine Mutter hatte ihn vor wilden Weibsbildern gewarnt, die es nur auf seine Männlichkeit abgesehen hatten. Grießinger hatte Baisch vor ein paar Tagen noch beruhigt, als dieser von der zukünftigen »Kollegin« berichtete.

»Sie wird uns schon nicht zu Kalksteiner verhexen«, erwiderte er mit einem Augenzwinkern und machte sich dann wieder an seine Arbeit

Jetzt erschien es aber auch ihm unvorstellbar, dass ausgerechnet so eine Frau ihm, dem Profi, bei der Ermittlungsarbeit behilflich sein sollte.

Der Tote am Sternberg machte nun eine Zusammenarbeit unumgänglich und Grießinger war darüber nicht glücklich, sondern ahnte bereits, dass es mit seiner Ruhe und Beschaulichkeit vorüber war.

6 Wieder am Sternberg angekommen, stieg Kommissar Grießinger aus seinem Auto und schloss bedächtig die Tür. Die Schafherde war noch nicht zum Schafhaus getrieben worden, also beschloss Grießinger endlich zu vespern. Kaum hatte er es sich an der Zwillingsbuche gemütlich gemacht, schrie jemand schon von Weitem.
»Mach des Tor auf und sitz net bloß dumm rum!«
Grießinger fiel fast der Rest seines Vespers aus der Hand, so erschrak er durch das Geschrei des Schäfers Voigt. Die Schafherde kam zurück ins Schafhaus.
Schnell hatte Voigt alle Schafe in den Stall getrieben und das Stalltor verriegelt, dann pfiff er seinen Hunden, packte die Hütehunde des Schäfers Lamparter am Halsband und ging, ohne ein weiteres Wort zu verlieren, zu seinem Geländewagen. Grießinger rief ihm hinterher: »Morgen früh sind Sie um 10 Uhr bei mir im Büro und davor versorgen Sie noch die Schafe.« Voigt ging einfach weiter, nickte und einen kurzen Moment später brauste er mit den Hunden im Auto davon. Laika hatte sich geweigert, dem Schäfer Voigt zu folgen und war die ganze Zeit Emilie nicht von der Seite gewichen.
»Jetzt genehmigen wir uns noch einen schönen Rostbraten beim Hirschwirt in Gächingen«, schlug Lichtner vor. Es war bereits 12 Uhr und sein Magen knurrte gewaltig. Emilie war hin und hergerissen, denn eigentlich wollte sie einen gemütlichen Sonntag mit Theo verbringen und unbedingt die Wunden von Laika reinigen. Glücklicherweise nahm ihr Grießinger die Entscheidung ab, als er die Einladung freudig annahm. Auf den bruddligen Kommissar hatte sie heute überhaupt keine Lust mehr.
Lichtner war sichtlich enttäuscht, dass er den Rostbraten anstatt mit Emilie nun mit dem Kommissar verspeisen musste.
»Denk dran, du bist mir einmal Spaghetti schuldig«, flüsterte er ihr beim Abschied ins Ohr.

Mit einem kurzen, offiziellen Händeschütteln und der Vereinbarung, morgen im Präsidium vorbeizukommen, verabschiedete sich Emilie von Kommissar Grießinger und ging zu ihrem Auto. Laika folgte ihr auf den Fersen und setzte sich erwartungsvoll neben die geöffnete Fahrertür. Im ersten Moment zögerte Emilie, entschloss sich dann aber doch, die Heckklappe ihres Autos zu öffnen und den Hund einsteigen zu lassen.

Nach kurzer, wie immer zu schneller Fahrt erreichte Emilie ihr Gästehaus in Bremelau. Die Sache mit Lichtner hatte sie bei aller Wiedersehensfreude beunruhigt. Etwas rumorte in ihr, das sie ziemlich konfus machte. Sie brauchte jetzt ein heißes Bad, vielleicht ein Glas Sekt dazu und einen Mann, der ihr genüsslich den Rücken schrubbte …

Allerdings bestand die Gefahr, dass Laika den Sonntag noch verderben könnte. Theo war nicht wirklich ein Hundenarr und Laika nicht unbedingt klein und unscheinbar. Sie ließ Laika aus dem Auto und erneut blieb der Hund dicht hinter ihr. Dummerweise hatte Emilie wieder einmal ihren Schlüssel vergessen und musste deshalb klingeln. Theo öffnete die Tür und wollte zu einem »Schön, dass du wieder da bist« ansetzen, als er das Untier hinter Emilie erblickte. Ein vollkommen entsetztes »Hund!«, war alles, was er herausbrachte. Emilie antwortete ihm mit einem kurzen, konfliktfreien: »Ja, du hast es erkannt« und ging mit dem Hund im Schlepptau kurzerhand an Theo vorbei ins Haus hinein. Der blieb wie angewurzelt stehen und sein nächstes Wort war ein deutliches »Raus!«, worauf Emilie auf der Stelle kehrtmachte und mit dem Hund an ihren Fersen schnurstracks zur Haustür ging. Theo begann innerlich zu kochen. Instinktiv entschärfte Emilie die Lage, indem sie Theo umarmte und ihm einen dicken Kuss auf den Mund drückte. »Lieber Theo, entspann dich! Morgen früh bring' ich den Hund doch gleich ins Tierheim.«

Theo holte tief Luft und gab sich fürs Erste geschlagen.

»Versprichst du mir, dass der Hund morgen sicher wieder auszieht?«

»Aber natürlich, Theo. Du weißt doch, dass du dich diesbezüglich auf mich verlassen kannst.«

Die Worte Emilies weckten in ihm Erinnerungen an Zimmerleute auf der Walz, verlassene Freundinnen, trostsuchende Ehemänner, kiffende Jugendfreunde und all die anderen Herzensangelegenheiten seiner Frau, die irgendwann auftauchten und eben meist nicht, wie versprochen, am nächsten Tag wieder gingen. Erst vor wenigen Wochen war der letzte Mitbewohner mithilfe Theos sanfter Überredungskunst wieder ausgezogen.

Bei diesem hartnäckigen Mitbewohner musste Theo einmal mehr zum letzten Mittel greifen, indem er, als Emilie gerade für Einkäufe das Haus verlassen hatte, seinem Mitbewohner erzählte, dass sie alle unter fürchterlich ansteckenden und juckenden Hautpilzen leiden würden. Ganz vorsichtig fragte er seinen Dauergast, ob es bei ihm etwa auch schon jucken und brennen würde. Wenn ja, dann ließen sich wohl ein Termin beim Hautarzt und wochenlanges Schmieren, Pudern und Salben nicht vermeiden. Theo hatte diese Nummer zwischenzeitlich perfekt einstudiert und blieb deshalb auch vollkommen ernst, als er die Panik in den Augen des netten Mitbewohners bemerkte und die ersten Schweißtropfen auf der Stirn seines Opfers sichtbar wurden. Als dieser ihn dann noch fragte, ob es unter diesen Umständen nicht besser wäre, wenn er ausziehen würde, setzte Theo zum Todesstoß an und bat seinen Gast mit betrübter Miene (Emilie nannte es Dackelblick), doch unbedingt zu bleiben, weil so schlimm seien die Geschwüre gar nicht (dabei kratzte er sich heftig an seinem Bauch). Man müsse nur regelmäßig salben und schmieren.

Innerlich hörte er bereits die ersten Klänge von »Freude, schöner Götterfunken«, doch sein Gesicht blieb ernst und selbst die hängenden Schultern zeigten das krasse Gegenteil

seiner wahren Gemütsverfassung. In dunklen Momenten überlegte Theo manchmal, ob er sich vielleicht ein Kerbholz zulegen sollte, in das er für jedes seiner »Entwohnungsopfer« eine Kerbe machen könnte.
Emilie war bereits mit dem Hund in die Küche gegangen, hatte sich auf dem Weg dorthin ihre Schuhe ausgezogen, die Jacke fallenlassen und ihren Schal dekorativ auf dem Treppengeländer drapiert, angelte sich eine Flasche Mineralwasser aus dem Kasten und ließ sich in ihren roten Lieblingssessel im Wohnzimmer fallen. Theo folgte ihr mit gebührendem Abstand. Kaum hatte er sich hingesetzt und eine Grundsatzdiskussion über die Haltung von Riesenhunden und die damit auftauchenden Probleme begonnen, da sprang Emilie schon wieder auf.
Sie griff sich kurzerhand die Plastik-Salatschüssel, ein Geschenk ihres Schwiegervaters, und füllte diese zur Hälfte mit Wasser. Vorsichtig balancierte sie die Schüssel ins Wohnzimmer und stellte sie vor Laika ab, die sich mit freudigem Bellen auf das Wasser stürzte. Emilie setzte sich zufrieden in ihren Sessel und Theo war angesichts der Schüsselumnutzung sichtlich empört.
»Du glaubst aber nicht, dass wir aus der Salatschüssel noch ein einziges Mal Salat essen können?«
»Versprochen, Theo. Dieses hässliche Plastikding wird niemals mehr für Salat benutzt.«
Emilie setzte einen bedauernden Blick auf und senkte schuldbewusst ihren Kopf, auch um ihr Siegeslächeln zu verbergen. Der jahrelange Kampf um die Nutzung der ungeliebten Plastik-Salatschüssel war endlich gewonnen.
Ein weiterer Versuch Theos, seine Meinung zur Hundehaltung kundzutun, wurde jäh von der Haustürklingel unterbrochen. Laika schreckte auf, begann aggressiv zu bellen und rannte in Richtung Haustür. Emilie eilte hinterher und holte den Hund aber erst an der Tür ein. Laika hatte die Nackenhaare hochgestellt und fletschte die Zähne. »Laika ab«,

schrie Emilie die Hündin an und drängte sie von der Tür weg.
Tiberius Hauser stand draußen.
»Grüß Gott, Emilie. Ich hab gehört, du warst am Sternberg bei der Leiche?«
Der Hund knurrte noch immer bedrohlich und hatte alle Nackenhaare aufgestellt.
»Und wenn, was willst du?«
»Ich hab gedacht, du weißt vielleicht mehr, weil die Leut alle fragen, was passiert ist.«
Das Knurren des Hundes wurde immer lauter und aggressiver.
»Seit wann hast du einen Wachhund?«
»Der Tote am Sternberg ist der Schäfer Lamparter und mehr gibt's nicht zu erzählen. Außerdem hab' ich keine Lust auf ein Schwätzle mit dir.«
»Schon recht«, sagte er, dabei versuchte er durch den Türspalt zu spähen, um den Hund im Hausgang zu erkennen.
»Ich wollt' nicht stören. Ade und noch einen schönen Sonntag.«

7

Emilie schloss die Tür hinter sich. Sie schüttelte den Kopf und fragte sich, was Tiberius Hauser eigentlich wollte. Allein die Neugier hatte ihn wohl nicht zu dieser sonntäglichen Störung veranlasst. Die Reaktion des Hundes warf ebenfalls viele Fragen auf. Woher kannte der Hund Tiberius Hauser und was war zwischen ihnen vorgefallen? Bereits vor Kurzem hatte sie eine seltsame Begegnung mit Hauser.

Bei einer ihrer Wanderungen war sie vor ein paar Wochen Tiberius Hauser begegnet. Er hatte sich ihr mit dem Traktor in den Weg gestellt, als sie an seinem Feld entlang über das Hardt am Sternberg ging. »Wir wollen dein Gästehaus nicht, geh wieder dorthin zurück, wo du hergekommen bist.«

Emilie war überrascht angesichts der offenen Feindseligkeit. Die einheimischen Dorfbewohner hatten sie bisher sehr freundlich aufgenommen. Auch wenn sie immer eine Reigschmeckte bleiben würde, hatte sie sich doch über so viel Hilfsbereitschaft und Freundlichkeit gefreut. Und nun schnauzte sie so ein Bauer von seinem riesigen Fendt aus an. Hauser ließ seinen dicken Diesel laut aufheulen, haute den Gang rein und fuhr vom Weg zurück auf seinen Acker. Emilie hatte schon einiges von Tiberius Hauser und seinen Freunden gehört. Allesamt Jungbauern, die den elterlichen Betrieb übernommen hatten und Landwirt auf der Alb mit Leib und Seele waren. Bereits vor einiger Zeit hatten sie sich zusammengetan und am Stammtisch die Radikale Älbler Schutztruppe, kurz RÄS, ins Leben gerufen. Ihr Ziel war es, die Tourismusentwicklung rund um das Große Lautertal zu stoppen und ihren Unmut über das Biosphärengebiet Schwäbische Alb mit Störaktionen öffentlich zu machen. Anfangs blockierten sie Radwege mit Baumstämmen oder streuten Mist an beliebten Grillplätzen. Besonders abgesehen hatten sie es auf Mountainbike-Fahrer, die sie vorzugsweise mit Gülle bespritzten oder denen sie mit ihren bulligen Fendt-Traktoren den Weg versperrten.

Die Mehrheit ihrer Kollegen und die meisten Einheimischen hatten wenig Verständnis für die »Aktionen« der selbst ernannten Schutztruppe. Viele verdienten sich mit den Feriengästen ein gutes Nebeneinkommen. Hauser und seine Kollegen wurden dadurch zu immer gewagteren Aktionen getrieben und schon bald lag der erste Misthaufen vor einer Ferienwohnung und immer wieder wurden Vermieter von Ferienwohnungen durch anonyme Anrufe aus dem Schlaf gerissen. »Schick deine Urlauber heim, sonst brennt's!«, gehörte noch zu den harmloseren Bedrohungen. Und jetzt der tote Schäfer am Sternberg. Lamparter nahm oft Feriengäste mit zum Schafhüten und bot geführte Wanderungen über die Wacholderheide an. Hatten die Spinnereien von RÄS das erste Menschenleben gekostet?
Theo hatte sich zwischenzeitlich auf das Sofa gelegt und las die Sonntagszeitung.
»Ich würde jetzt gerne in die Badewanne steigen. Könntest du mir noch ein bissle den Rücken schrubben?« Emilie kraulte ihm zärtlich den Kopf und lächelte ihn mit ihrem charmantesten Lächeln an. Theo brummte irgendetwas Unverständliches und blätterte demonstrativ die Zeitung um. Auf ihrem Weg ins Badezimmer lächelte Emilie, denn sie wusste, dass sein Ärger fast verflogen war und Theo ihr bestimmt den Rücken schrubben würde.
Nach dem ausgiebigen und genussvollen Bad musste Emilie noch ins Gästehaus hinübergehen und sich um Anne kümmern. Ihr war es seit Freitag ziemlich schlecht gegangen. Anne nahm an einem Geomantie-Seminar in ihrem Gästehaus teil. Emilie fühlte sich mit Anne auf irgendeine Art verbunden und fand sie vom ersten Tag an sehr sympathisch. Sie schätzte Anne auf etwa 60 Jahre, vielleicht auch ein bisschen älter, und bewunderte sie für ihre lebendige Ausstrahlung und körperliche Energie. Anne wirkte auf sie wie eine starke Frau, die über viel Lebenserfahrung verfügte.
Anne war am Freitag allein auf Exkursion gegangen und

kreidebleich, mit Schüttelfrost und Fieber zurückgekehrt. Emilie hatte sie noch in der Nacht mit ein paar Globuli und Kräutern versorgt, spürte aber, dass die Krankheitssymptome keine körperliche Ursache hatten. Emilie war erschüttert über den plötzlichen Verfall dieser so starken Frau. Für die Nacht hatte sie ihr einen Kräutertee gereicht, der beruhigte und entspannte. Ziemlich lange war Emilie dann bei Anne am Bett gesessen und hatte ihr mit einer Hand auf ihrer Brust Wärme und neue Kraft gegeben. Anne schwieg den ganzen Abend und schien weit weg zu sein. Irgendwann war sie eingeschlafen.
Am Samstagmorgen stand Anne dann plötzlich in der Küche und wollte Milch für das Frühstück holen. Emilie war etwas überrascht über das Angebot und hatte ihr geraten, sich noch etwas zu schonen, aber Anne hatte dankend abgelehnt. Am späten Nachmittag war sie dann verschwunden und erst am Sonntagmorgen wieder aufgetaucht. Niemand hatte sie kommen sehen. Sie schien sehr müde zu sein und legte sich nach dem Mittagessen in ihr Bett.
Es war bereits nach 19 Uhr, als Emilie Annes Zimmer betrat. Sie schlief unruhig und war nass geschwitzt. Emilie weckte sie sanft. Anne sah sie vollkommen orientierungslos an.
»Anne, ich bin es, Emilie. Du hast sehr lange geschlafen. Wie geht es Dir?«
Anne lächelte erleichtert. Sie griff nach Emilies Hand und drückte sie.
»Jetzt ist es gut, Emilie. Alles ist gut.«.
Emilie umfasste Annes Hand behutsam mit ihren beiden Händen. »Lass es mich wissen, wenn ich dir helfen kann. Ich teile gerne deine Last und deine Sorgen.«
Annes Augen blickten in die Ferne und eine Träne lief ihre Wange hinunter. Emilie spürte, dass Anne jetzt nicht sprechen konnte. Was war mit ihr los? Hatte sie jemanden getroffen? Sie schien vollkommen aus dem Gleichgewicht und doch von einer großen Last befreit. Emilie beschloss mit

dem Seminarleiter über Anne zu sprechen. Vielleicht hatte es ja etwas mit dem Seminar zu tun. Emilie wusste, dass die einzelnen Kursabschnitte der Geomantie-Ausbildung manchen Kursteilnehmer an seine persönlichen Grenzen brachten. Als sie sich vor einigen Jahren mit den Kräften der Erde auseinandersetzte, hatte sie ähnliche Erfahrungen an einigen Plätzen gemacht und musste erst lernen, ihre eigene Mitte zu finden, bevor sie besonderen Orten begegnen konnte.

8 Der Montagmorgen versprach stressig zu werden. Sie musste für ihre Gäste noch einiges einkaufen, das ungeklärte Thema Hund angehen, und dann war da noch der Besuch auf dem Polizeipräsidium. Emilie hatte ihren Wecker auf 5:30 Uhr gestellt und es dann endlich um 6:30 Uhr geschafft aufzustehen. Theo war bereits unten, trank Kaffee und las die Tageszeitung.

Emilie saß kaum mit einer großen Tasse Tee bei ihm am Tisch, da startete Theo einen weiteren Versuch, das Thema Hund mit ihr zu klären. Bevor sie überhaupt an Flucht denken konnte, hatte er bereits zu einem längeren Vortrag über die Probleme der Hundehaltung, insbesondere in einem Gästehaus, und den Folgekosten eines solchen Riesenviehs angesetzt.

Emilie verdrehte die Augen: »Hast du schon die Zeitung gelesen und musst du eigentlich nicht schon lange am Schreibtisch sitzen?«.

Theo ließ sich dieses Mal nicht aus dem Konzept bringen, legte demonstrativ die Zeitung weit weg und setzte seinen Vortrag fort.

»Emilie, der Hund kann nicht bleiben und wir müssen dieses Problem besprechen!« Emilie fügte sich ihrem Schicksal, setzte sich möglichst aufmerksam in ihren Lieblingssessel und dachte darüber nach, wie sie diesen Tag überstehen sollte. Nach geschlagenen 30 Minuten holte Theo das erste Mal richtig Luft und trank einen großen Schluck Kaffee. Diese Chance durfte nicht ungenutzt bleiben. Emilie stand mit Schwung auf und war bereits aus dem Zimmer, als Theo ihr nachrief:

»Emilie, du kannst doch nicht einfach aufstehen und das Problem verdrängen. Ich war gerade mitten im Satz. Lass mich doch wenigstens zu Ende sprechen!«

»Mein liebster Theo, ich muss jetzt wirklich los und nachher fahre ich den Hund ins Tierheim, wie wir es gestern schon besprochen haben.«

Frustriert griff Theo sich erneut die Zeitung und versuchte sich in die Regionalnachrichten zu vertiefen. Er wusste nur zu gut, dass der Hund trotz Emilies Versprechen noch lange nicht im Tierheim war.

Theo hatte sein Büro im Erdgeschoss und nach einem kurzen Rundgang durch das Gästehaus besuchte ihn Emilie, um sich zu verabschieden. Theo telefonierte gerade mit dem Verlag und Laika lag neben seinem Schreibtisch. Emilie drückte Theo einen Kuss auf die Backe und zog schnell die Tür hinter sich zu. Sie hatte es noch nicht bis zur Haustür geschafft, da hörte sie Theo rufen: »Emilie, du hast den Hund vergessen.«

Emilie schnappte sich ihren Korb sowie den Autoschlüssel und beeilte sich ins Auto zu steigen und loszufahren. Gerade als sie den Schlüssel im Zündschloss herumdrehte, tauchte Theo mit Laika an der Haustür auf und gestikulierte wild mit der Hundeleine. Emilie lächelte ihr unschuldigstes Lächeln und deutete mit ihren Lippen einen Kuss an, als sie den Rückwärtsgang einlegte und mit Schwung auf die Straße zurücksetzte. Bevor Theo das Auto erreichte, brauste sie davon und sah Theo im Rückspiegel mit resignierendem Blick auf der Straße stehen. Emilie lächelte ein kleines Siegeslächeln.

Eigentlich wollte Emilie direkt nach Reutlingen zu Kriminalhauptkommissar Grießinger fahren. Ihre Gedanken drehten sich die ganze Zeit um die Rätsel am Sternberg. Warum lag der Tote in einem Steinkreis und welche Bedeutung hatte der Wacholderzweig in seinem Mund?

Dem Wacholder werden seit Menschengedenken besondere Kräfte zugesprochen. Er gilt als Baum der Toten und sollte vor Hexerei, bösen Geistern und Dämonen schützen. Hatte der Mörder um die Wirkung des Wacholders gewusst und wollte sich vielleicht vor der Seele des Toten schützen? Seltsam war, dass der Wacholder auch benutzt wurde, um die Seelen der Toten am Leben zu erhalten. Der oder die Mörder kannten vielleicht nicht alle Wirkungen dieser mächti-

gen Pflanze. Oder sollte nur eine falsche Fährte gelegt werden, um die Polizei zu täuschen?
Emilie hatte den Toten am Sonntag in der Sandgrube genau betrachtet. Dabei spürte sie, dass seine Seele noch nahe bei ihm war. Wieso war der Schäfer nicht bei seiner Schafherde? Was hatte er in der ehemaligen Sandgrube gesucht? Es begann in ihrem Bauch zu grummeln. Irgendetwas stimmte noch nicht. Doch was hatte sie übersehen?
Emilie bog zum Sternberg ab, um nach Antworten zu suchen.

9

In Gedanken versunken fuhr Emilie durchs Wolfstal hinauf zum alten Schafhaus. Sie parkte ihr Auto bei der Feuerstelle, öffnete die Autotür und atmete tief die morgendliche Herbstluft ein. Dann machte sie sich auf den Weg in Richtung Wacholderheide.

Das einzige Geräusch war das Blöken der Schafe.

Ihr Blick suchte das Gelände nach irgendwelchen Spuren und Hinweisen ab. Vielleicht hatte die Spurensicherung etwas übersehen. Aber außer ein paar tiefen Traktorspuren konnte sie nichts Ungewöhnliches entdecken. Vermutlich hatten ein paar Halbstarke eine Traktorrallye gemacht. Ihr Weg führte an einem stattlichen Wacholderbusch vorbei. Sie streichelte im Vorübergehen die Zweige und Blätter des Busches. »Na, du alter Knabe, hast schon viele Jahre auf dem Buckel«, sprach sie den Wacholder an, als plötzlich ein Mann vor ihr stand. Vor Schreck begann Emilie am ganzen Körper zu zittern. Der mittelgroße, eher schmächtig gebaute Mann hatte eine Anglerweste, eine kakifarbene Stoffhose und Wanderstiefel an. In den Händen hielt er einen Spaten. Mit finsterem Blick starrte er sie feindselig an.

»Hab ich dich endlich. Verschwinde, hier gibt es nichts zu holen!«

Er holte bedrohlich mit dem Spaten aus und schien wild entschlossen, Emilie anzugreifen. Emilie fand ihre Beherrschung wieder, drehte sich weg und wollte losrennen, stolperte dabei über eine Wurzel und fiel zu Boden. Verzweifelt versuchte sie mit ihren Händen ihren Kopf vor dem Schlag zu schützen. Doch es kam kein Schlag. Ungläubig nahm sie die Hände herunter und sah über sich den Himmel und den seltsamen Typen mit diesem unheimlichen Blick, der zu ihr herabsah. Noch immer hielt er angriffsbereit den Spaten fest.

»Was wollen Sie von mir?«

»Die Fragen stelle ich«, wies er sie zurecht, und wieder fuchtelte er gefährlich mit dem Gartenwerkzeug herum.

»Ich hab' gesehen, wie sie die Wacholderheide abgesucht

haben. Hier gibt es aber nichts zu finden, also verschwinden sie, sonst passiert was!«
Emilie setzte sich langsam auf und prüfte dabei, ob sie sich verletzt hatte.
»Ich habe hier nichts gesucht, ich bin nur spazieren gegangen. Ist das verboten?« Allmählich beruhigte sie sich etwas.
»Es ist verboten, hier herumzuschnüffeln. Stehen Sie also jetzt auf und verschwinden Sie endlich!«
Durch den Befehlston regte sich Widerstand in Emilie. Sie erhob sich langsam und betrachtete dabei den Mann genauer. Sein Äußeres erinnerte an einen Forscher auf Expeditionstour in Afrika. Am Sternberg auf der Alb wirkte der Aufzug aber fast lächerlich. Emilie spürte, der Mann war zwar aufgeregt, aber vermutlich harmlos.
»Was machen Sie hier eigentlich um diese Uhrzeit, und warum laufen Sie mit einem Spaten am Sternberg herum? Sie haben mir einen ganz schönen Schrecken eingejagt. Machen Sie das öfters, hinter Büschen hervorzuspringen und Frauen zu erschrecken?«
Emilie spürte die Verunsicherung des Mannes. Er ließ endlich den Spaten sinken.

»Ich kenne Sie doch! Sind sie nicht die Buchautorin Emilie Berta Lämmle? Ich habe Ihr Bild gestern im Tagblatt gesehen.«
Bei diesen Worten legte der Mann den Spaten auf den Boden und hielt Emilie seine Hand hin.
»Tut mir leid, ich habe Sie wohl verwechselt. Mein Name ist Julius Friedrich Kehrer.«
Emilie ignorierte die angebotene Hand. Ihre Augen blitzen und die Angst war der Wut über diesen frechen Typen gewichen. Sie hatte große Lust, ihn für den Schrecken, den er ihr eingejagt hatte, zu verprügeln.
»Sie haben meine Frage nicht beantwortet! Warum gehen Sie auf harmlose Wanderer mit dem Spaten los?«

Julius Kehrer fiel regelrecht in sich zusammen. Mit hängenden Schultern schlug er ihr vor: »Setzen wir uns auf die Bank an der Feuerstelle, Frau Lämmle. Ich glaube, das ist eine längere Geschichte.«
Ohne ihre Reaktion abzuwarten, wandte er sich ab und ging in Richtung der Bank. Nach kurzem Zögern folgte ihm Emilie. Ihre Neugier hatte gesiegt.
Mit einem Seufzen setzte sich Julius Kehrer auf die Holzbank und wartete, bis Emilie sich ebenfalls hingesetzt hatte. »Wissen Sie, mein Großvater war damals dabei, als man das keltische Fürstengrab hier am Sternberg gefunden hat. Nach seinem Tod habe ich seine Aufzeichnungen intensiv studiert und bin seither auf der Suche nach dem Grab der Fürstin. Mein Großvater vermutete in diesem Grab noch reichere Grabbeigaben als im Fürstengrab. Damals glaubte ihm keiner. Den Ruhm für den Fund des Fürstengrabes beanspruchte Julius Föhr, sein Grabungskollege, für sich allein und mein Großvater starb als unbeachteter Keltenforscher, den die Fachwelt für einen Spinner hielt. Vor ein paar Monaten hat mich dann der Schäfer Lamparter bei Probegrabungen erwischt. Warum muss der Idiot auch bei seinen Schafen übernachten. Frühmorgens, beim ersten Tageslicht, stand er plötzlich wie ein Geist vor mir. Ich hatte mich so erschrocken, dass ich ihm in meiner Angst alles erzählte. Einige Wochen später, ich hatte den Vorfall schon fast vergessen, tauchte plötzlich ein Pärchen hier auf. Ich beobachtete es, wie es systematisch das Gelände nach Spuren von Hügelgräbern absuchte und mehrfach den Wald am Sternberggipfel durchforstete. Jetzt wusste ich, dass der Schäfer etwas weitererzählt hatte. All die Jahre hat sich außer ein paar Albvereinlern niemand für die Gräber hier interessiert. Die Aufzeichnungen von meinem Großvater waren in der Öffentlichkeit längst in Vergessenheit geraten. – Der Schuft von einem Schäfer ist an allem schuld.« Bei seinem letzten Satz stierte Julius Kehrer mit hasserfülltem

Blick auf den Boden vor seiner Bank. »Dieser Schäfer will mich um das Erbe meines Großvaters bringen.«
Emilie war erstaunt über die Vehemenz und den Hass, zu dem dieser schmächtige Archäologe fähig zu sein schien.
»Der Schäfer Lamparter ist tot, Herr Kehrer.«
Sie sah ihn dabei genau an. Sein Gesicht erstarrte für einen kurzen Moment. Emilie interpretierte es als Erstaunen oder Erschrecken. Im nächsten Augenblick fiel Kehrer regelrecht in sich zusammen. Mit leerem Blick entwich ihm ein Seufzer der Erleichterung.
»Es geschieht ihm recht, diesem Schwätzer.« Julius Kehrer machte sich keine Mühe, seine Erleichterung zu verbergen. Emilie war erstaunt über seine offene Reaktion. Nur der kurze Moment des Erschreckens in seinem Blick irritierte sie. Was wusste der Archäologe?
»Gehen Sie nach Hause, Herr Kehrer, und lassen Sie der Keltenfürstin ihre Grabesruhe. Es soll Unglück bringen, die Toten zu stören.«
Mit diesen Worten stand sie auf und ging zurück in Richtung Schafhaus. Für heute hatte sie genug vom Sternberg, außerdem musste sie noch nach Reutlingen zu Grießinger ins Büro.

10

»Guten Morgen, kommet Sie nur rein.« Grießinger öffnete die Tür, ohne von Lichtners Bericht in seiner Hand aufzuschauen, drehte sich wieder um und ging zu seinem Schreibtisch zurück. Dort saßen bereits sein Assistent und Fritz Lichtner. Bei Emilies Anblick huschte ein Lächeln über sein Gesicht.
»Guten Morgen, die Herren!«
Emilie stellte ihre Tasche ab, suchte nach ihrem Tee und ging zielstrebig zum Wasserkocher neben der Kaffeemaschine.
Grießinger ahnte bereits, was ihm drohte, und legte eine ungeahnte Freundlichkeit an den Tag. »Ich könnte Ihnen einen wunderbaren Schwarztee anbieten.«
Emilie war schneller und bald schon breitete sich ein schwerer, süßlicher Zimtduft im Büro des Hauptkommissars aus. Seine Laune war dadurch nachhaltig beschädigt.
Emilie kam mit einer großen Tasse Tee zum Schreibtisch zurück, setzte sich auf einen Stuhl, der etwas abseits stand, und beobachtete die Szenerie. Grießinger klopfte mit einem Bleistift auf den Tisch und wiederholte seine letzte Frage an Lichtner, bei deren Antwort Lichtner durch Emilies Eintreffen unterbrochen wurde.
»Wieso meinen Sie, dass der Tote bewusstlos war, als er ermordet wurde?«
»Seine Körperhaltung zeigte keinerlei Abwehr und der Todesstoß mit dem Schäferstecken war genau platziert und wurde von oben herab mit großer Wucht ausgeführt. Die Schippe hatte fast den gesamten Körper durchstoßen. Die Steine wurden übrigens erst um den Toten herumgelegt, nachdem er dort hingesetzt wurde, denn unter manchen Steinen hatten wir Blut gefunden.«
Lichtner berichtete knapp und sachlich.
»Deine Vermutung war richtig, Emilie. In Lamparters Hand befand sich eine Gewehrpatrone, Kaliber 7,62 mm für ein G3, wie sie von der Bundeswehr als Übungsmunition verwendet wird. Die Todesursache war vermutlich der

Blutverlust durch den Schäferstecken im Bauch. Dadurch wurde eine Hauptschlagader verletzt und er ist innerlich verblutet. Die Wunde am Hinterkopf ist vermutlich durch einen Sturz auf einen Stein entstanden. Wir haben Spuren von Kalkstein, Gräser und Erde in der Wunde gefunden. Beide Wunden müssen stark geblutet haben. In der Sandgrube haben wir sehr viel Blut gefunden. Außerdem haben wir am ganzen Körper Kampfspuren festgestellt. Am Kinn und im Gesicht befanden sich frische Blutergüsse. An den Unterarmen haben wir Kratzspuren gefunden, als ob jemand versucht hatte ihn festzuhalten. Am Hals waren Würgemale sichtbar. Der Schäfer muss, bevor er bewusstlos wurde, einen verzweifelten Kampf geführt haben. Der Todeszeitpunkt dürfte so zwischen 18:30 Uhr und 19:30 Uhr am Samstagabend gewesen sein. Endgültig wissen wir das aber erst, wenn alle Untersuchungsergebnisse vorliegen.«

»Und sonst?«, fragte Grießinger. »Spuren in der Umgebung, Kampfspuren am Tatort, irgendwelche Gegenstände, Fingerabdrücke?«

Lichtner lächelte nur angesichts Grießingers unzufriedenen, bruddligen Tonfalls. Er kannte den Hauptkommissar und seine Detailversessenheit schon lange und war bestens auf seine Fragen vorbereitet.

»Mein Team hat den Tatort im Radius von 50 Metern abgesucht und alle Zufahrtswege sowie Parkplätze überprüft. Nichts! Außer ein paar Traktorspuren und einer Geländewagenspur, die wir momentan mit Forstfahrzeugen und dem Fahrzeug des Jagdpächters abgleichen, nichts. Keine weiteren Kampfspuren, viele Fingerabdrücke am Schäferstecken. Der Boden der Sandgrube war mit Fußspuren übersät, die aber noch nicht vollständig ausgewertet sind. Aus der Wunde im Bauch muss ordentlich Blut gespritzt sein. Meine Leute sind bereits im Haus des Schäfers und sichern dort Spuren. Das Auto haben wir am Sternberghaus

gefunden. Der Schlüssel steckte noch. – Wie Sie ja mitbekommen haben, ist der Hund des Schäfers bei Frau Lämmle untergekommen, nachdem er sie fast zum Fressen gernhatte.«
Bei diesen Worten lächelte er Emilie schelmisch an, die mit einem verächtlichen Schnauben antwortete.
Grießinger klopfte wieder mit seinem Bleistift auf den Tisch. Ohne eine weitere Reaktion auf Lichtners Ausführungen wandte er sich an seinen Kollegen Kommissar Georg Baisch, einen stillen, zurückhaltenden Menschen, der die Arbeit im Archiv liebte und deshalb meistens für die Hintergrundrecherchen zuständig war.
»Was hast du über den Lamparter herausgefunden, Georg?«
Baisch zückte etwas umständlich seinen Notizblock und fischte einen Bleistiftstummel aus seiner Sakkotasche. Zackig schlug er die ersten Seiten seines Blocks nach hinten, hauchte deutlich hörbar die Bleistiftspitze an und begann seinen Bericht in akzentfreiem Beamten-Hochdeutsch:
»Das Opfer Rudolf Lamparter, genannt Rudi, geboren am 19. 3. 1962 in Bad Urach, wohnhaft in der Grabengasse 17 in Buttenhausen, unverheiratet, ohne Kinder, ohne Vorstrafen, abgeschlossene Ausbildung zum Tierwirt, Fachrichtung Schäferei. Finanziell keine Probleme, ein Kredit für den Umbau des Schafstalles, keine bekannten größeren Guthaben. Lebt – Verzeihung – lebte im Haus seiner Eltern. Seine Mutter ist vor 10 Jahren verstorben. Sein Vater, ebenfalls Schäfer, erlitt vor drei Jahren einen tödlichen Herzinfarkt.
Zum Privatleben gibt es nur Gerüchte. Er galt als Einzelgänger ohne feste Beziehung. Näheres dazu aber erst im Laufe des Tages. Außerdem warte ich noch auf weitere Unterlagen aus seinem Haus, die von der Spurensicherung mitgebracht werden.
Mit seinen Schäfer-Kollegen oder mit Landwirten sind auch keine größeren Streitereien und Unstimmigkeiten bekannt. Es kam wohl immer mal vor, dass ihm seine Schafe aus dem

Pferch ausgebrochen sind, weil er morgens nicht früh genug aufgestanden ist. Lamparter war nicht sonderlich beliebt, hatte aber auch keine ernsthaften Feinde im Kollegenkreis. Vor ein paar Tagen gab es allerdings einen Zwischenfall wegen einer Pacht auf dem ehemaligen Truppenübungsplatz. Da bin ich noch dran, um Näheres zu erfahren. Angeblich soll es da Ärger mit dem Schäfer Voigt gegeben haben.«

Kommissar Baisch legte mit einem zufriedenen Gesichtsausdruck seinen Notizblock auf den Tisch, machte mit dem Bleistift einen Haken unter die Notizen und blickte erwartungsvoll seinen Chef an.

Grießinger nickte ihm wohlwollend zu und wandte sich dann wieder direkt an Lichtner: »Können Sie sich die Patrone in der Hand des Toten irgendwie erklären? Und was sollte eigentlich dieser Wacholderzweig im Mund des Toten und der Steinkreis bedeuten?«

»Werter Kollege, Ersteres kann ich vielleicht beantworten. Ich denke, die Übungspatrone stammt vom ehemaligen Truppenübungsplatz bei Münsingen. Vielleicht wollte uns der Tote damit einen Hinweis geben? Oder er hatte sie seinem Mörder unbemerkt entwendet. Noch kann ich keine Gedanken lesen, aber ich arbeite bereits eifrig daran. Für die Beantwortung der anderen Fragen ist mit Sicherheit Frau Lämmle kompetenter.«

Mit aufmunterndem Blick sah er hinüber zu Emilie, die gespannt den Ausführungen der Spezialisten zugehört hatte.

Mit gequältem Lächeln wandte sich Grießinger an Emilie Berta Lämmle und bat sie betont freundlich um ihre Meinung zu der seltsamen Dekoration am Fundort der Leiche.

Emilie nahm einen großen Schluck aus ihrer Teetasse und blickte dann in die Runde: »Mit dem Zweig und dem Steinkreis stimmt irgendetwas nicht. Wacholder dient eigentlich dazu, die Seele des Toten zu beschützen, damit er irgendwann wieder auferstehen kann, woran der Mörder oder die Mörderin kein Interesse gehabt haben kann. Andererseits wäre es natürlich denkbar, dass dem Schäfer mit dem Zweig die letzte Ehre erwiesen werden sollte wie bei einem erlegten Wild. Aber dann hätte es eigentlich ein Tannen- oder Fichtenzweig sein müssen. Welche Bedeutung der Steinkreis haben könnte, muss ich mir erst noch mal vor Ort genauer ansehen. Eigentlich wollte ich das heute Morgen noch tun, aber dann hatte ich eine Begegnung der etwas anderen Art am Sternberg.«

In kurzen Worten erzählte sie von dem Zusammenstoß mit Julius Felix Kehrer. Kaum war sie fertig, wandte sich Grießinger an Georg Baisch:

»Weißt du was von der Geschichte mit den Ausgrabungen und sagt dir der Name Kehrer etwas?«

»Irgendwo habe ich darüber mal etwas gelesen. Ich glaube in den Blättern des Schwäbischen Albvereins ist vor einigen Jahren ein Bericht darüber erschienen, aber da müsste ich erst im Archiv genauer nachforschen.«

Grießinger klopfte wieder mit seinem Bleistift auf den Tisch. Er dachte nach.

»Da war noch etwas Seltsames«, erzählte Emilie weiter. »Am Sonntagnachmittag klingelte Tiberius Hauser an meiner Tür und wollte Näheres über den Toten am Sternberg wissen. Laika reagierte ziemlich aggressiv auf ihn, gesagt habe ich ihm aber nur, dass der Tote der Schäfer Lamparter sei. Ein paar Tage zuvor hat er mir, als ich einen Spaziergang machte, mit seinem Traktor den Weg versperrt und ziemlich deutlich nahegelegt, dass ich mit meinem Gästehaus nicht erwünscht sei. Im Dorf habe ich erfahren, dass Tiberius Hauser einer der führenden Querköpfe der Radikalen Älbler Schutztruppe RÄS sein soll.«

Zwischenzeitlich hatte sich Grießinger in seinem Stuhl aufgerichtet und den Bleistift beiseite gelegt.

»Also, Herrschaften, fassen wir zusammen: Zum Kreis der Verdächtigen gehören nun ein etwas seltsamer Privatarchäologe und ein etwas verwirrter radikaler Älbler. Nicht zu

vergessen, es könnte auch ein Mord mit esoterischem Hintergrund gewesen sein, wie uns der Steinkreis und Wacholderzweig deutlich zeigen.« Grießinger konnte nur mit Mühe den Spott in seiner Stimme verbergen. »Was schlagen Sie vor? Wen sollen wir nun verhaften?«
Lichtner verdrehte die Augen, während Baisch es vorzog auf seinen Block zu starren. Einzig Emilie Berta Lämmle erwiderte angriffslustig: »Wer könnte denn Ihrer Meinung nach den Schäfer umgebracht haben?«
»Ich denke, wir müssen den Mörder im privaten Umfeld des Schäfers suchen. Wegen einer verlorenen Pacht bringt ein Schäfer nicht gleich den anderen um und die Dekoration am Fundort halte ich nur für ein lächerliches Ablenkungsmanöver. Manchmal sind stille Wasser tief und vielleicht hatte der Schäfer ja doch das eine oder andere Schäferstündchen.« Grießinger sah Emilie herausfordernd an, was sie aber nur mit einem mitleidigen Schulterzucken quittierte.
»Herrschaften, ich schlage jetzt vor, dass wir uns morgen um dieselbe Zeit wieder bei mir im Büro treffen. Vielleicht haben wir ja bis dahin neue Erkenntnisse von der Spurensicherung oder den Laborergebnissen. Sie, Frau Lämmle, sollten so lange weitere seltsame Begegnungen vermeiden, nicht dass wir Sie auch noch in einem Steinkreis finden. Außerdem hätten Sie vielleicht die Güte, bis morgen ein erstes sogenanntes Täterprofil zu erstellen? Womöglich können Sie uns morgen früh schon sagen, wie der Täter oder die Täterin aussieht?«
Lichtner und Baisch nickten betreten, während Emilie etwas ungläubig in die Runde sah. So viel Ignoranz und Widerstand hatte sie von Grießinger nicht erwartet. Hilfesuchend blickte sie zu Lichtner hinüber, der seinen Finger auf seinen Mund legte und ihr damit andeutete, jetzt besser still zu sein. Emilie packte ihren Korb zusammen und verließ mit einem knappen »Ade!« den Raum, während Lichtner sich beeilte, ihr zu folgen.

»Emilie, jetzt nimm es doch nicht so tragisch. Der Grießinger springt nicht mehr über seinen Schatten.«
Emilie kochte innerlich vor Wut.
»Er hört mir ja noch nicht mal richtig zu, der alte Spießer und Ignorant. Er macht sich über mich lustig.« So hatte sich Emilie die Zusammenarbeit mit Kriminalhauptkommissar Grießinger nicht vorgestellt.
Lichtner legte freundschaftlich den Arm um ihre Schulter und drückte sie an seine Seite: »Emilie, hab nur etwas Geduld. Deine Chance wird kommen. Ich habe bei der Geschichte am Sternberg kein gutes Gefühl. Irgendetwas sagt mir, dass da mehr als ein einfacher Mord dahintersteckt. Und jetzt lade ich dich auf ein paar Maultaschen in der Brühe mit wunderbarem Kartoffelsalat beim Ochsenwirt ein. Kommst du mit?«
Emilie löste sich von seinem Arm und schüttelte bedauernd den Kopf. »Ich muss noch für meine Gäste einkaufen und habe noch ein Hundeproblem zu lösen. Tut mir leid, Fritz, vielleicht ein andermal.«

11

Zu Hause angekommen, wurde Emilie bereits von einem ziemlich aufgebrachten Theo erwartet. Mit Putzeimer, Gummistiefeln, Gummihandschuhen und Wischlappen bewaffnet stand er vor einer riesigen gelblichen Lache, die sich inmitten seines Büros ausgebreitet hatte. Laika saß mit schuldbewusstem Blick unter dem Schreibtisch und wedelte freudig mit dem Schwanz, als sie Emilie erblickte.

»Dieser Köter hat in mein Büro gepinkelt!«, begrüßte er Emilie, um sich dann mit angewidertem Gesichtsausdruck wieder der Pfütze zuzuwenden. Emilie gab sich Mühe, angesichts der Szenerie nicht einfach loszulachen. Da erlöste das Klingeln des Telefons Theo aus seiner misslichen Lage. Erleichtert ließ er den Putzlappen fallen und stapfte mit seinen Gummistiefeln zum Telefonapparat.

»Theo Färber am Apparat«, meldete er sich, während Emilie mit dem Wischlappen Laikas Hinterlassenschaft aufwischte und entsorgte. Mit frischem Wasser und Allzweckreiniger mit Zitronenduft wischte sie nach, als Theo das Telefongespräch beendete und ansetzte, seiner Entrüstung über das pinkelnde Hundevieh in seinem Büro Ausdruck zu verleihen. Laika war zwischenzeitlich unter dem Schreibtisch hervorgekrochen und sprang winselnd an Emilie hoch. Bevor Theo etwas sagen konnte, sah Emilie ihn mit tadelndem Blick an: »Bist du etwa nicht mit Laika Gassi gegangen? Das arme Tier muss doch auch mal raus!«

Theo war zunächst sprachlos.

»Raus! Alle beide raus aus meinem Büro! Ich muss arbeiten und nicht mit irgendeinem Hund Gassi gehen!«

Noch immer verkniff es sich Emilie loszulachen und verließ schnell mit Laika das Büro. Im Rausgehen rief sie noch: »Ich gehe mit Laika Gassi«, zog sich ihre Windjacke an und ging mit dem Hund auf dem Feldweg in Richtung Heiligental. Laika trottete voraus, schnüffelte hier und da und nach einigen Metern erledigte sie sichtlich erleichtert ihr Geschäft.

Emilie fand, dass Laika ein schöner und ein kluger Hund war und beschloss insgeheim, die Hündin nicht ins Tierheim zu bringen. Sie würde Theo schon irgendwie überreden, dass er Laika zumindest dulden würde.
Auf dem Rückweg kam Emilie ein Gedanke. Vielleicht sollte sie mit Laika Tiberius Hauser besuchen gehen?
Theo saß bereits am Esszimmertisch, als Emilie zurückkam. Noch immer schien sich seine Laune nicht gebessert zu haben. Demonstrativ ignorierte er vorerst den Hund, als dieser hinter Emilie ins Zimmer kam.
»Emilie, der Hund muss weg. Ich kann so nicht arbeiten.«
»Hast du schon gegessen, Theo?«
»Wann bringst du den Hund ins Tierheim? Ich hasse gelbe Urinpfützen in meinem Büro!«
»Morgen früh nehme ich den Hund mit nach Reutlingen«, wich Emilie aus. Sie hoffte, dass er diese vage Aussage schlucken und nicht weiter nachbohren würde. Sie log Theo ungern an.
Theo gab ein zufriedenes Brummen von sich.
»Im Kühlschrank sind noch ein paar Kässpätzle«, fügte er deutlich freundlicher hinzu. »Wie war's im Präsidium?«
»Lieber Theo, ich muss nachher noch mal für eine Weile weg. Könntest du den Gästen sagen, dass ich erst heute Nachmittag zum Einkaufen komme?«
Bevor Theo antworten konnte, war Emilie bereits aufgestanden.
»Danke, mein liebster Schatz. Laika, komm. Arbeit wartet auf uns. Ich bin so gegen 18 Uhr wieder zurück.«
Emilie vergewisserte sich, dass die Hundeleine auf dem Rücksitz ihres Autos lag, und fuhr hinunter nach Dapfen zum Hof von Tiberius Hauser.
Hauser kam aus dem Maschinenschuppen, als Emilie in den Hof einbog. Sie stellte ihr Auto vor der Scheune ab, stieg aus und blieb neben der Fahrertür stehen. Breitbeinig, die Arme

vor der Brust gekreuzt, stand Hauser einige Meter von ihr entfernt.
»Hauser, komm mal rüber, wir müssen noch was klären.«
Etwas irritiert über die Aufforderung, aber doch neugierig genug, kam Hauser auf sie zu. Als er noch ca. 3 Meter vom Auto entfernt war, begann Laika bedrohlich zu knurren. Sie stellte wieder alle Nackenhaare auf und fletschte die Zähne. Hauser blieb stehen.
»Was will der Scheiß-Köter von mir?«
Emilie spürte, dass er den Grund für Laikas Verhalten genau kannte. Ihre Augen blitzten gefährlich.
»Das solltest du am besten wissen, Hauser. Ich kann Laika ja aus dem Auto lassen, vielleicht verwechselt sie dich nur und es ist eigentlich alles in Ordnung!«
Hauser schien nach wie vor unbeeindruckt.
»Glaubst du wirklich, so ein Viech könnte mir Angst machen?«
Emilie ging zur Heckklappe ihres Autos und öffnete sie einen kleinen Spalt.
Laika tobte zwischenzeitlich im Auto. Ihr Knurren war in ein scharfes Bellen übergegangen. Sie drückte so stark gegen die Heckklappe, dass Emilie sich mit aller Kraft dagegenstemmen musste. Da sah Emilie die Angst und Unsicherheit in Tiberius Hauser hochkriechen. Die Augen begannen unsicher zu flackern und er wich einen Schritt zurück. Auf seinem eigenen Hof davonzurennen verbot ihm sein Stolz.
»Was ist jetzt, Hauser. Ich kann die Klappe nicht mehr lange zuhalten. Soll ich Laika rauslassen?«
»Mach die Scheiß-Heckklappe zu und halt den Schäfer-Köter zurück!«
»Warum spinnt der Hund so, wenn du ihm zu nahe kommst?« Bei diesen Worten öffnete Emilie die Heckklappe noch ein wenig weiter. Laika konnte an der Seite bereits ihre Schnauze herausstrecken. Emilie musste sich jetzt

mit ihrem ganzen Körper gegen die Gewalt des Hundes stemmen, der sich gegen die Heckklappe warf.
»Mach die Scheiß-Klappe zu«, schrie Hauser jetzt fast hysterisch. Emilie sah, wie er sich leicht zur Seite drehte, um notfalls schneller flüchten zu können.
»Ich warte nicht mehr lange auf eine Antwort, Hauser, und vergiss es, davonzurennen. Laika hat dich eingeholt, bevor du den Schuppen erreichst.« Emilie hatte alle Hände voll mit der Heckklappe zu tun.
»Hauser, ich kann Laika jetzt nimmer halten. Sag was oder ich lass den Hund raus!«
Hauser rang sichtlich mit sich, aber schließlich siegte die Angst.
»O.K., mach endlich die Heckklappe zu, dann reden wir.« Seine Stimme überschlug sich, Schweißperlen standen auf seiner Stirn. Sein Gesicht war verzerrt vor Angst und Wut. Emilie sprach beruhigend auf Laika ein und drückte die Heckklappe zu. Hauser wischte sich mit einem Taschentuch die Stirn ab und wartete, bis Emilie in seine Richtung schritt. Er wirkte noch immer verunsichert. Emilie musste sich beeilen, bevor die Angst wieder seiner Überheblichkeit und Gerissenheit gewichen war.
»Was macht den Hund so wild, Hauser?«
Hauser druckste herum, wand sich regelrecht unter Emilies Frage.
»Na ja, so genau kann ich mich gar nicht mehr erinnern...«
»Laika, pass auf!« Emilies Befehl machte den Hund im Auto wieder wild und das scharfe Gebell verfehlte die Wirkung auf Hauser nicht.
»Wir haben dem Schäfer Lamparter eine Tracht Prügel verpasst am Samstagabend, am Sternberg bei seine Schaf. Der Seggel hat uns einfach nicht ernst genommen. Immer wieder haben wir ihm gesagt, er soll den Scheiß mit den Touristen bleiben lassen. Gelacht hat er nur und gemeint, wir sollten uns nicht wie Halbstarke aufführen. Dann haben wir

ihn halt gepackt und ihm eine Abreibung verpasst. Wenn sein Scheiß-Köter nicht gewesen wär... Ich hab den Köter mit einem Holzprügel kampfunfähig gemacht, sonst wäre er mir an die Gurgel gegangen.«
»Und jetzt ist der Schäfer tot, Hauser! Das sieht nicht gut für euch aus. Wann wart ihr auf der Sternbergheide?«
»Der Schäfer wollte gerade seinen Pferch stecken, da haben wir ihn erwischt. Das müsste so zwischen sechse und siebene gewesen sein. Als wir wegen dem Köter abhauen mussten, da hat der Lamparter aber noch gelebt. Wir haben ihm bloß eine Abreibung verpassen wollen. Ich schwör's!«
»Deine Schwüre kannst du dir sparen, Hauser. Tatsache ist, dass ihr vermutlich die Letzten wart, die den Lamparter lebend gesehen haben, und ihr ihn verprügelt habt. Ich denke, es wird besser sein, wenn du dich mit deinen netten Freunden bei der Polizei stellst. Vielleicht glaubt euch ja dort jemand eure Geschichte. Morgen früh bin ich bei Kriminalhauptkommissar Grießinger, der den Fall bearbeitet. Bis dorthin habt ihr Zeit, euch zu melden.«
Emilie ließ Hauser einfach stehen und ging zurück zum Auto, stieg ein und fuhr davon. Im Rückspiegel konnte sie sehen, wie Tiberius hektisch gestikulierend auf dem Hof stand und mit seinem Handy telefonierte. Sie musste lächeln. So einfach hatte sie sich ein Verhör nicht vorgestellt.
Kurz spielte Emilie mit dem Gedanken, auch noch beim Schäfer mit Laika vorbeizufahren. Aber vielleicht war das ja gar nicht mehr notwendig.
Sie musste noch Albbüffel-Käs aus der Hofkäserei besorgen, in der Landheim-Gärtnerei Gemüse holen und hatte in Bremelau auf dem Demeterhof frisches Bauernbrot bestellt, das dringend abgeholt werden musste.

12

Emilie kam erst kurz nach 18 Uhr am Gästehaus an. Ein wenig plagte sie das schlechte Gewissen, dass sie Theo heute so überfahren hatte. Eigentlich hatte er gerade wahnsinnig viel im Büro zu tun, musste eine Konzeption fertigstellen und schrieb parallel ein Buch über das veränderte Balzverhalten des Neuntöters unter Berücksichtigung der Störung seines angestammten Lebensraumes durch Tourismus und Verkehr. Sie hatte unterwegs vorsorglich beim Metzger Fallenschütz etwas Schinkenwurst und Pfefferschwarze eingekauft und hoffte, Theo würde die Bestechung und Entschuldigung mit seiner Lieblingswurst annehmen. Bei aller Feingeistigkeit, die sich bei Theo in seinem etwas extravaganten und manchmal stark gewöhnungsbedürftigen Musikgeschmack, diversen Gemälden und Kunstdrucken sowie seiner alternativ postmodernen Büroeinrichtung (die aus zwei Holzböcken und einer Holzplatte bestand) äußerte, liebte er ganz besonders die deftige, schwäbische Küche, angefangen beim Wurstsalat mit Schwarzwurst über saure Kuttla mit Bratkartoffeln bis zum Zwiebelrostbraten. Wie dieser Kontrast oder auch Bruch in seiner Geschmackswelt entstanden ist, lässt sich nur schwerlich nachvollziehen, aber es war Emilie eigentlich auch gleichgültig. Letztendlich zog sie, genauso wie Theo, ein paar saftige Kässpätzle oder Maultaschen in einer kräftigen Fleischbrühe jedem Kaviar-Canapée vor.

Theo war seltsam sanftmütig, als sie nach Hause kam. Sie war etwas irritiert, denn eigentlich hatte sie einen Schwall von Vorwürfen und einen längeren Vortrag zum Thema Verantwortungsbewusstsein und Rücksichtnahme erwartet. Irgendwas führte Theo im Schilde, aber fürs Erste war sie erleichtert und nahm die entspannte Stimmung gerne an. Sie machte einen sensationell guten Wurstsalat mit feinen Schwarzwurststreifen, etwas scharfem Senf, Essiggurken, ordentlich Zwiebeln, Essig und Öl. Emilies Wurstsalat wurde, ebenso wie ihr Kartoffelsalat, überall in den höchsten

Tönen gepriesen und gelobt. Dabei war ihr Geschmacksgeheimnis so einfach wie wirkungsvoll: Sie würzte ihren Wurstsalat und Kartoffelsalat mit ordentlich gekörnter Brühe und etwas scharfem Senf. Außerdem legte sie großen Wert auf die Wurst beziehungsweise die Kartoffeln. Sie schwor auf die Wurst vom Fallenschütz, auch wenn es noch andere gute Metzger auf der Alb gab. Die Kartoffeln bekam sie direkt aus der Nachbarschaft. Für Emilie waren es die besten Kartoffeln der Welt, und so schmeckte auch ihr Kartoffelsalat.
Theo nahm die schwäbisch-kulinarische Entschuldigung Emilies genussvoll an und vertilgte eine unglaubliche Menge Wurstsalat mit frischem Bauernbrot. Emilie lächelte ihn an, als er sich zufrieden zurücklehnte, aber sie traute dem Frieden noch immer nicht. Was führte Theo bloß im Schilde? Er stand ohne etwas zu sagen auf und ging hinunter in den Keller. Als er zurückkehrte, hatte er eine Flasche Champagner in der einen Hand und in der anderen hielt er einen Blumenstrauß. Emilie war vollends verwirrt.
»Meine liebste Emilie«, begann Theo sehr seltsam, »mit Sicherheit frägst du dich, warum du ausgerechnet heute Blumen bekommst und ich mit dir ein Glas Champagner trinken möchte. Die Antwort liegt exakt 20 Jahre zurück, erinnerst du dich?« Emilie bekam einen feuerroten Kopf. Sie hatte tatsächlich ihren Hochzeitstag vergessen. Viel schlimmer für sie war aber, dass Theo daran gedacht hatte. Sie stand auf und umarmte Theo lange und innig. Sie spürte, wie sie diesen Mann liebte und wie sehr sie seine Gutmütigkeit und Ruhe schätzte. Theo war niemals nachtragend. Manchmal, wenn sie zu großes Chaos produziert hatte, war er allerdings ausgiebig beleidigt und verletzt. Theo öffnete die Champagnerflasche gekonnt ohne Knall und ohne überschäumenden Flascheninhalt. Er füllte zwei edle Kristallgläser und stieß mit Emilie an.
»Auf weitere mindestens 20 Jahre mit der verrücktesten Chaotin, der ich schon so lange verfallen bin.«

Emilie musste laut loslachen und verschluckte sich fast an ihrem Champagner.
»Emilie, da wäre aber noch etwas, was wir besprechen müssten.«
Emilie hatte es also richtig geahnt. Es kam doch noch etwas nach.
»Das Thema Hund, du weißt schon. Eigentlich wolltest du ihn morgen ins Tierheim bringen.«
Emilie reagierte zögerlich und abwartend: »Ja, Theo, so ist es. Morgen fahre ich mit dem Hund nach Reutlingen.« Das Wort Tierheim vermied sie tunlichst. Vielleicht gab es ja noch ein Hintertürchen, um den Hund doch nicht weggeben zu müssen.
»Emilie, ich wollte dir sagen, dass der Hund auch bleiben kann. Nimm das Bleiberecht als Geschenk zu unserem 20. Hochzeitstag an. Ich habe dich und den Hund gestern beim Gassi gehen beobachtet. Ich denke, ihr gehört zusammen.«
Emilie war vollkommen verdutzt und traute ihren Ohren nicht.
»Theo, geht es dir gut? Hast du deine Blutdrucktabletten eingenommen? Habe ich dich gerade richtig verstanden?«
Theo gab sich etwas entrüstet und bestätigte dann nochmals sein Versprechen. Emilie fiel ihm nun endgültig um den Hals und küsste ihn lange.
Laika hatte sich unter dem Tisch verkrochen, wo Emilie sie hervorlockte und ihr dann die freudige Nachricht ins Ohr flüsterte.
Nach einer Weile des genussvollen Schweigens und einer weiteren Flasche Champagner fragte Emilie plötzlich: »Theo, ist dir irgendetwas bei den Seminarteilnehmern im Gästehaus aufgefallen?«
»Na ja, aufgefallen ist mir nichts, nur vielleicht, dass sie dieses Mal irgendwie alle ziemlich erschöpft wirken. Aber eventuell sind das ja auch die frische Herbstluft und der Wind.«

Emilie antwortete gedankenverloren: »Ja, vielleicht ist es der Herbstwind, Theo.« Dann setzte sie sich plötzlich ruckartig gerade hin: »Ich muss mit dem Seminarleiter reden, irgendetwas stimmt mit Anne nicht.« Bei diesen Worten stand sie auf, drückte Theo noch einen Kuss auf die Stirn und ging durch den Garten hinüber ins Gästehaus. Sie traf Jürgen Peters, einen hochgewachsenen, schlanken Mann, dessen Name und Aussehen auf einen Menschen von der Küste schließen ließ, der aber aus dem tiefsten Bayern stammte, was sein gepflegter bayrischer Akzent eindeutig belegte, im unteren Aufenthaltsraum an seinem Laptop. Die restlichen Seminarteilnehmer befanden sich zum Abendkurs im Seminarraum.

»Jürgen, kannst du mir sagen, was mit Anne los ist?«

»Du, ich weiß auch nicht. Insgeheim habe ich das Gefühl, sie ist nicht richtig geerdet bei diesem Kurs.« Peters hatte eine etwas seltsame Art sich auszudrücken. Irgendwie drückten alle seine Worte immer das Gleiche aus: »Ich verstehe dich.« Emilie konnte sich gut vorstellen, wie vor allem Frauen diesem schönen »Versteher« zu Füßen lagen.

»Was meinst du mit ›nicht geerdet‹? Ich denke, sie war in den letzten Tagen nicht körperlich krank, sondern litt an einem inneren Konflikt. Denkst du, es könnte mit den Kursen im Seminar zusammenhängen?«

»Du, ich weiß auch nicht. Irgendwie glaube ich, sie hat am Freitag jemanden getroffen, den sie Samstagnacht nochmals besucht hat.« Bei diesen Worten zeigte er ein typisches Männergrinsen und Emilie ahnte bereits, was jetzt kam. »Du, ich denke, Anne hat vielleicht eine geheime Jugendliebe auf der Alb getroffen und mit ihm eine heiße Nacht verbracht.«

Emilie schüttelte den Kopf: »Ihr Männer denkt immer nur an das eine. Aber vielleicht hast du ja recht und sie hat tatsächlich jemanden getroffen. Seit Sonntagabend scheint es ihr auch wieder besser zu gehen!«

»Heute war sie total relaxt und in ihre Übungen vertieft. Nur in der Gesprächsrunde war sie etwas zurückhaltend. Aber sonst war sie voll dabei.«
»Dank dir für deine Rückmeldung, Jürgen. Vielleicht sehe ich ja auch nur Gespenster und Anne war wirklich körperlich angeschlagen.«
Peters lächelte sein wissendes Lächeln und wandte sich wieder seinem Computer zu, während Emilie den Raum verließ und zurück zu Theo ging. Der hatte den Fernseher angeschaltet und saß in seinem roten Ohrensessel, während sich Laika neben ihn gesetzt hatte und sich huldvoll den Kopf von ihm streicheln ließ. Die Wunden des Hundes waren von Emilie ausrasiert, gereinigt und die verletzten Stellen mit Heilkräutern versorgt worden. Seitdem waren die Verletzungen gut verheilt und schmerzten den Hund kaum noch. Emilie musste lächeln, holte die Leine und fragte Theo, ob er Lust hätte, mit Gassi zu gehen.
Was für ein Tag heute: ein halbstarker Bauer, der alles gesteht; ein Hund, der Bleiberecht bekommt, sowie ein Hochzeitstag mit Wurstsalat und Champagner.
Was würde in den nächsten Tagen noch alles auf sie zukommen?

13 Am nächsten Morgen, es war ein nebliger Dienstag, wollte Emilie noch nicht mal ans Aufstehen denken. Als ihr Wecker klingelte und sie vorsichtig ein Auge öffnete, sah sie auf ihrem Nachttisch einen heißen Milchkaffee stehen. Dafür war aber die Betthälfte neben ihr leer. Der Wecker zeigte 7:30 Uhr. »Scheiße«, entfuhr es ihr. Dunkel erinnerte sie sich an den gestrigen Abend, der erst nach mindestens einer weiteren Flasche Champagner geendet hatte. Als sie die im Zimmer verstreuten Kleider sah, musste sie lustvoll lächeln. Es war eine schöne Nacht gewesen. Aber 7:30 Uhr war definitiv zu spät. Vorsichtig schlürfte sie den Milchkaffee und versuchte ganz wach zu werden. Sie hatte um 10:00 Uhr einen Termin bei Grießinger. Vorher mussten noch der Hund raus und ihre Gäste befragt werden, ob sie irgendetwas bräuchten. Meistens waren es nur Süßigkeiten wie Schokolade oder andere Kleinigkeiten. Die Köchin kaufte die Lebensmittel für die Seminarverpflegung selbstständig ein. Emilie musste nur noch die Dinge holen, die die Köchin im Eifer des Gefechts vergessen hatte, oder die von weiter entfernt gelegenen Bauernhöfen eingekauft werden sollten.
Als Emilie erneut auf den Wecker sah, war es bereits acht Uhr. Sie sprang aus dem Bett, suchte ihre Kleider zusammen, flitzte schnell ins Bad und versuchte die Spuren der letzten Nacht mit etwas Kajal und erfrischender Gesichtscreme zu beseitigen. Zum Anziehen wählte sie heute eher dezente Kleidungsstücke aus. Den langen rostroten Rock kombinierte sie mit grasgrünen Strumpfhosen und orangefarbenen Stulpen. Als Oberteil trug sie eine weite Bluse in einem etwas gedeckteren Grünton. Dazu suchte sie sich noch einen indischen Seidenschal und eine »Batschkapp« aus bunt gemustertem Vliesstoff aus. Emilie stellte ihre Tasse in der Küche ab, schmierte sich ein Bauernbrot mit Zwetschgengsälz, griff sich ihren Korb und ging hinüber in Theos Büro. Der telefonierte wild gestikulierend und lä-

chelte, als er sie erblickte, und streichelte Laika, die unter seinem Tisch lag, mit seinem Fuß. Emilie musste grinsen und setzte sich auf das Sofa in Theos Büro.
Theo legte den Hörer auf, kam hinter seinem Schreibtisch hervor und gab Emilie einen Kuss. »Oh Gespielin der Nacht, habest du wohl geruht?«
Wenn Theo besonders gut gelaunt war, redete er gern etwas affektiert und in Rätseln, was Emilie meistens sehr amüsierte.
»Wohl geliebt und wohl geruht«, antwortete Emilie mit einem sündigen Lächeln. »Theo, ich bin etwas in Hektik. Um 10:00 Uhr soll ich in Reutlingen sein, davor muss noch der Hund raus und ich muss noch die Einkaufszettel fürs Gästehaus holen.«
»Ist bereits alles erledigt. Der Hund war mit mir Gassi und die Einkaufszettel habe ich hier. Nachdem meine holde Braut tief erschöpft etwas übermäßig den Schlaf genossen hatte, habe ich mir erlaubt, bestimmte Verrichtungen zu erledigen und Vorkehrungen zu treffen.« Emilie war gerührt und sprachlos, zum zweiten Mal innerhalb von 24 Stunden. Sie nahm ihren Korb, gab Theo, der schon wieder am Telefon war, einen Abschiedskuss auf die Backe, tätschelte Laika und fuhr los in Richtung Reutlingen.
Ausnahmsweise kam sie tatsächlich um Punkt 9:45 Uhr im Präsidium an und klopfte um 9:52 Uhr an der Tür von Kriminalhauptkommissar Grießinger. Als sie die Tür aufmachte, sah sie gerade noch, wie Grießinger Tiberius Hauser die Hand gab, dieser sich umwandte und auf sie zuging. Sie sah sein Grinsen und wich ihm unwillkürlich aus, da er mit so breiter Brust aus dem Büro heraus kam. Emilie ahnte nichts Gutes.
»Sie sind heute tatsächlich pünktlich, Frau Lämmle. Das freut uns aber besonders.« Mit »uns« meinte Grießinger seine Adjutanten Georg Baisch und Eugen Haible, der heute nach dem Urlaub wieder den ersten Arbeitstag hatte.

Haible sah Baisch erstaunlich ähnlich. Sie hatten beide auch nach 20 Jahren noch diesen eifrigen Gesichtsausdruck, der auf pflichtbewusste Beamte schließen ließ. Sie nickten beide gleichzeitig, wenn ihr Chef etwas sagte, und sie strahlten beide eine unerschütterliche Gemütlichkeit und Bodenständigkeit aus, in ihren Cordhosen und Strickjacken mit korrekt gebundener Krawatte. Alles Eigenschaften, die nicht unbedingt im Widerspruch zu einem gewissen Diensteifer standen, sondern nur eine Frage der persönlichen Empfindung von Geschwindigkeit und Flexibilität waren.
Emilie hörte die bissige, fast schadenfrohe Freundlichkeit deutlich, sagte aber nichts.
»Den Herren von gerade eben brauche ich Ihnen ja nicht vorzustellen, der hat Sie ja schon von Ihrer netten Seite kennengelernt, oder?«
Emilie ahnte, was jetzt kommen würde, und setzte sich mit einem Seufzer auf den Stuhl vor Grießingers Schreibtisch.
»Sind Sie eigentlich noch ganz sauber, einen kleinen, harmlosen Bauern mit einer Bestie zu bedrohen, bloß weil Sie glauben, er hatte eine Rangelei mit dem Schäfer Lamparter? Wissen Sie eigentlich, dass man so was Erpressung und Folter nennt? Sie sollten sich, kruzefix noch mal, aus unserer Ermittlungsarbeit heraushalten, Sie Weibsbild.« Bei jedem Satz wurde Grießinger lauter und seine Kollegen hatten bereits keinen Hals mehr, so weit hatten sie den Kopf eingezogen.
»Schlappschwänze und Giftzwerge«, dachte sich Emilie im Stillen, als die Tür aufging und Lichtner gemeinsam mit dem Rechtsmediziner Meyer in der Tür stand.
»Aber hallo«, tönte Lichtner mit seinem tiefen Bass, »wenn hier ein Schreiwettbewerb stattfindet, würde ich gerne teilnehmen.« Bei diesen Worten blickte er fragend zu Emilie.
Grießinger, noch immer in Fahrt, legte gleich wieder los: »Verehrter Kollege Lichtner, ich hatte gerade Besuch von einem Tiberius Hauser, der mir eine lächerliche Rangelei

mit dem Schäfer Lamparter gestand und von einer kapitalen Erpressung und Folter durch die nette ›Kollegin‹ Lämmle berichtete. Wir können von Glück reden, wenn er mit dieser Nummer nicht an die Presse geht. Ich sehe schon die Schlagzeile: ›Armer Landwirt von Polizei mit scharfem Hund gefoltert‹, vom Ärger mit dem Polizeipräsidenten ganz zu schweigen.«

Grießingers Stimme hatte sich fast überschlagen. Er schnaufte vor Erregung und klopfte nervös mit dem Bleistift auf den Tisch. Seine Kollegen waren zwischenzeitlich in ihren Stühlen fast versunken.

»Nun mal ganz langsam, Herr Kollege Grießinger. Lassen Sie doch mal bitte den netten und harmlosen Herrn Hauser bringen, damit wir über die kleine Rangelei nochmals reden können.«

Emilie sah Lichtner erstaunt an. Grießinger hatte sich etwas beruhigt und auf ehrenkäsig umgeschaltet.

»Noi, des geht nicht!«

»Wieso geht das nicht? Kollege Grießinger, lassen Sie ihn doch einfach von den Arrestzellen herführen!«

»Noi, des geht eben nicht. Der Herr Hauser ist nicht im Haus.«

»Wie meinen Sie das: Der ist nicht im Haus?«

Jetzt wurde Lichtner grantig und deutlich lauter.

»Na ja, ich hab den Hauser heimgeschickt. Wegen einer harmlosen Schlägerei wird bei uns doch keiner eingesperrt.«

»Das gibt's doch nicht. Haben Sie nicht nachgefragt, wann die Schlägerei stattgefunden hat?«

»Hauser hatte angeben, er könne sich an den Tag nicht mehr erinnern, irgendwann letzte Woche. Frau Lämmle hätte ihn gezwungen zu behaupten, es sei am Samstag gewesen.«

»Mit Verlaub, Sie sind ein Oberseggel, Kollege Grießinger.«

Bei diesen Worten zuckten Baisch und Haible deutlich zusammen und Josef Grießinger schaute gequält auf den Schreibtisch. Er wusste genau, dass er einen Fehler gemacht hatte. Die Freude und Wut über Emilie Berta Lämmles ungesetzliches Vorgehen hatten ihn leichtsinnig werden lassen. »Mein Kollege Meyer und ich werden Ihnen nun ausführlich von der Spurensicherung und von der Obduktion berichten und dann unterhalten wir uns nochmals über den netten und freundlichen Herrn Hauser und seine netten und freundlichen Kollegen.«

»Beginnen wir mit der Hausdurchsuchung. Wir haben außer ein paar Liebesbriefen, die etwa 20 Jahre alt sind, sauber abgehefteten Kontoauszügen und gut versteckten Sparbüchern nichts weiter im Haus gefunden. Der Mann schien sehr zurückgezogen gelebt zu haben. Keine Beziehungsspuren zu Frauen oder zu Männern, noch nicht mal ein Pornoheft oder Ähnliches haben wir gefunden. Erst als wir den Schuppen genauer untersucht haben, sind wir fündig geworden. In einer alten Zigarrenkiste haben wir mehrere Drohbriefe gefunden, die alle neueren Datums zu sein schienen und aus ausgeschnittenen Zeitungsbuchstaben bestanden. Der Inhalt der Schreiben war mehr oder weniger immer der Gleiche: ›Schick deine Touristen weg, sonst vergiften wir deine Schafe, Touristenstopp auf der Alb, sonst brennt's.‹« Bei diesen Worten hielt Lichtner ein Erpresserschreiben, das fein säuberlich in eine Folie eingeschweißt war, hoch und zeigte es den Anwesenden.

»Im Auto des Schäfers haben wir keine auffälligen Spuren gefunden. Allerdings haben wir festgestellt, dass an dem Auto die Bremsleitungen erneuert worden waren. Wir versuchen momentan die Werkstatt herauszufinden, die diese Arbeiten gemacht hat.

Kollege Meyer, jetzt sind Sie mit der ärztlichen Untersuchung und den Obduktionsergebnissen dran.«

»Der Todeszeitpunkt hat sich auf den Zeitraum zwischen 18:00 Uhr und 19:00 Uhr konkretisiert. Die Obduktion hat ergeben, dass die Wunde am Hinterkopf vermutlich zum Tod geführt hätte, wenn ihm nicht noch vorher der Schäferstab in

den Bauch gerammt worden wäre. Die sonstigen Spuren am Körper deuten darauf hin, dass er kurz vor seinem Tod mehrfach geschlagen wurde. Vermutlich wurde er dabei festgehalten. Die Würgemale am Hals waren definitiv nicht tödlich. Unter seinen Fingernägeln haben wir, neben jeder Menge anderem Dreck, auch Hautpartikel gefunden. Es müssten also in jedem Fall mehrere Täter gewesen sein und sie müssten Kratzspuren an den Händen oder Armen aufweisen. Ein DNA-Abgleich mit unserer Datenbank läuft bereits.
Die Auswertung der Fußspuren in der ehemaligen Sandgrube hat ergeben, dass der Kampf vermutlich am Tatort stattgefunden hat, dies stimmt auch mit den Blutspuren überein. Allerdings ließ sich in dem Chaos kein brauchbares Schuhprofil abnehmen. Auffällig waren allenfalls zwei Fußspuren in der Blutlache. Sie könnten von Wanderschuhen stammen. Allerdings waren diese relativ klein, vermutlich Größe 38.
Definitiv kann festgehalten werden, dass die Folgen der Schlägerei innerhalb weniger Stunden tödlich gewesen wären. Der Schädel des Opfers war gebrochen und das Gehirn wies eine starke Schwellung auf.«
Meyer klappte seinen Ermittlungsbericht zu und legte ihn Grießinger auf den Schreibtisch. Es herrschte betretenes Schweigen im Raum.
»So, meine Herren. Ich denke, es wäre an der Zeit, dem feinen Tiberius Hauser nochmals einen Besuch abzustatten und seinem Erinnerungsvermögen etwas auf die Sprünge zu helfen.« Lichtner war sichtlich entrüstet über Grießingers vorschnelle Entscheidung, den Landwirt laufen zu lassen. Dabei blickte er zu Emilie, die ihn erleichtert anlächelte.
Grießinger war dieser Blickkontakt nicht entgangen,
»Aber trotzdem kann Frau Lämmle nicht einfach zu Hauser gehen und ihn mit dem Hund bedrohen. Sie ist hier als Profilerin und nicht als Ermittlerin tätig. Wo kommen wir denn hin, wenn jeder macht, was er will?« Dabei blickte er

Emilie scharf an und seine beiden Mitarbeiter nickten zustimmend.

»Vielleicht könnten Sie uns in dieser Beziehung ebenfalls neue Erkenntnisse liefern, Frau Lämmle«, fragte Grießinger deutlich freundlicher, aber noch immer mit einem beleidigten Unterton.

»Ich sehe Tiberius Hauser und seine Verbündeten nicht unbedingt als die Mörder an!« Alle Anwesenden sahen erstaunt zu Emilie, die unbeirrt fortfuhr. »Tiberius Hauser und seine Kollegen wollten den Schäfer tatsächlich nur verprügeln und nicht ermorden. Die Prügelei ist vielleicht durch den Angriff des Hundes aus dem Ruder gelaufen, aber ich vermute mal, bei entsprechender Hilfeleistung hätte Lamparter den Sturz auf den Stein auch überleben können, oder?« Diese Frage richtete sie an Meyer und Lichtner, die zustimmend nickten.

»Ich sehe den Täter oder die Täter folgendermaßen: Es muss jemand gewesen sein, der unheimlich wütend und aufgebracht war. Sein Ziel war es nicht unbedingt, den Schäfer zu töten, aber er oder sie hatten definitiv die Bereitschaft dazu. Da der Schäfer bereits bewusstlos oder halb tot in der Sandgrube saß, war es für den oder die Täter ein Leichtes, den Schäferstecken in den Bauch des Schäfers zu rammen. Dazu gehört meiner Meinung nach nicht besonders viel Kraft.« Fragend sah sie wieder die Männer der Spurensicherung an, die wiederum zustimmend nickten. Der Stoß in den Bauch muss auch aufgrund der Platzierung in großer Wut oder mit großem Hass ausgeführt worden sein. Für den Steinkreis und den Wacholderzweig gibt es für mich zwei Erklärungen: Entweder wollte uns der Täter auf eine falsche Spur locken oder sogar zwei Fliegen mit einer Klappe schlagen.« Die Anwesenden sahen sie fragend an.

»Na ja, wenn wir annehmen, jemand wie Tiberius Hauser habe die Tat verübt, hat er vielleicht den Steinkreis gelegt, um den Verdacht auf esoterische Gruppen oder den Stein-

bildhauer in Buttenhausen zu lenken und damit die Touristen schlechtzumachen. Den Wacholderzweig hat er vielleicht aus Verachtung in den Mund des Toten gesteckt. Frei nach dem Motto: Ich hab den Schuft erlegt.
Die andere Variante wäre ein unbekannter Dritter, der ebenfalls eine Rechnung mit dem Toten offen hatte und nach Hauser an den Sternberg zur Sandgrube kam. Dieser Jemand hat mit Lamparter nach seiner Tötung irgendein Bestattungsritual vollzogen. Julius Kehrer traue ich so viel Hass und Wut durchaus zu, allerdings passen zu ihm auf den ersten Blick der Steinkreis und der Wacholderzweig nicht. Zumindest ist mir momentan kein solches keltisches Ritual bekannt.
Allerdings gilt es zu bedenken, dass der Leithund des Schäfers einen fürchterlichen Hass auf Hauser hatte. Als mich der Hund ansprang, konnte ich mehrere Verletzungen an ihm feststellen, die allesamt vom Vortag stammen mussten. Zusammenfassend bin ich also der Meinung, der oder die Täter hatten ein sehr starkes emotionales Motiv. In Frage kommen Eifersucht, Rache oder Hass. Der Schäfer Lamparter muss einen Menschen innerlich sehr verletzt oder gekränkt haben. Die Ausführung der Tat und die Dekoration des Tatorts deuten auf einen gewissen Bildungsgrad hin, wobei ich noch nicht sagen kann, ob es sich bei dem Steinkreis um das Werk eines Trittbrettfahrers handelt oder für uns vom Täter eine falsche Spur gelegt wurde. Mehr kann ich im Moment noch nicht sagen. Für weitere Erkenntnisse muss ich den Tatort und seine Umgebung noch mal genauer absuchen.«
Emilie beendete ihre Ausführungen. Sie hatte sich besondere Mühe gegeben, professionell zu wirken, und angesichts der Ereignisse sogar auf ihren geliebten Tee verzichtet. Nun stand sie auf und ging zum Wasserkocher. Grießinger wollte schon wieder loslegen, da sah er Lichtners finsteren Blick und verkniff sich einen weiteren Kommentar. Die Anwe-

senden blickten den Kriminalhauptkommissar abwartend an.
Dieser klopfte wie immer mit seinem Bleistift auf den Schreibtisch und dachte nach. Ihm war klar: Heute durfte er keinen Fehler mehr machen. Deshalb ging er auf Nummer sicher: »Herrschaften, wir machen jetzt erst mal Vesperpause und dann sehen wir weiter. Morgen früh rufen Sie mich bitte an und wenn notwendig, beraumen wir einen neuen Sitzungstermin an. Bis dahin macht jeder seine Arbeiten.«
Lichtner und Meyer sahen sich kurz fragend an, aber da sie Grießingers Eigenarten kannten, verzichteten sie auf einen Kommentar. Von seinen beiden Assistenten erwartete Grießinger sowieso keine Ergänzungen. Sie folgten der Anweisung »Vesperpause« in blinder und genüsslicher Ergebenheit. Einzig Emilie blieb wieder einmal die Luft weg in Anbetracht Grießingers Vorgehensweise. Sie setzte bereits zu einem bissigen Kommentar an, als Lichtner rettend einsprang, sie am Arm fasste und sie sanft emporziehend auf einen Espresso zum Italiener um die Ecke einlud. Dabei gab er ihr, mit dem Rücken zu Grießinger, zu verstehen, dass es jetzt besser sei zu gehen.

14

Als sein Dienstzimmer sich endlich geleert hatte, wurden mit der gebotenen Eile die Vesperdosen auf den Tisch gestellt und Grießinger holte aus seinem Schreibtisch eine Flasche Most, die er in einem Krug mit süßem Sprudel verdünnte.

»Des ist der ganz räse, der frisst einem Löcher in die Socken«, meinte er entschuldigend, als seine Kollegen bei der Mischung nur ein klein wenig den Mund verzogen. Wer übrigens glaubt, Grießingers Kollegen seien Schleimer und Fußlecker, die vor ihrem Chef kuschten, der täuschte sich gewaltig in dem Trio. Vielmehr verband sie eine eheähnliche Beziehung mit klarer Rollenverteilung. Nach außen war Grießinger der absolute Chef und seine beiden Kollegen gaben den unterwürfigen Beamten. Wenn sich das Trio aber einem Verbrecher an die Fersen heftete, entwickelte jeder in dieser Dienstehe seine ganz individuellen Fähigkeiten, die nichts an Härte und Hartnäckigkeit zu wünschen übrig ließen. Am besten funktionierte übrigens der Trick böser Polizist und guter Polizist. Meistens übernahm Haible die Rolle des guten Polizisten, während sein Chef bitterböse sein konnte. Besonders bei Verhören bekamen sie so die härtesten Jungs zum Reden. Erst inszenierte Grießinger seinen gewaltigen Auftritt, drohte und schimpfte und ging dann wütend raus.

Nach einer Weile kam dann Haible ins Verhörzimmer, lose Krawatte, verschwitzt, mit ängstlichem Blick. »Wir haben da jetzt ein Riesenproblem«, begann er meist. »Mein Chef ist richtig sauer, weil du so stur bist, und hat uns alle zur Sau gemacht. Ich glaub ja auch nicht, dass du es warst, ich glaub, du bist viel zu harmlos für so eine üble Sache. Aber mein Chef ist richtig sauer. Der glaubt, du hast noch viel mehr Dreck am Stecken, und er will, dass du richtig lange einfährst.«

Meist kam jetzt schon die berühmte Frage nach einer Zigarette. Dann holte Haible allmählich zum nächsten Schlag aus.

»Mein Chef hat mir verboten, dass ich dir was zu rauchen gebe. Verpfeif' mich ja nicht.« Zu diesem Zeitpunkt musste der anwesende Polizist sich meist umdrehen und das Lachen verkneifen. Alle im Untersuchungsgefängnis kannten die Nummer der Grießinger-Truppe. Was dann folgte, war Routine. Entweder waren die Verdächtigen gekränkt, dass man sie für Versager hielt, die eh kein Verbrechen begehen konnten. Dann ließen sie oft dem Chef viele Grüße ausrichten und brachten Beweise für ihre Taten. Oder aber die Verdächtigen fassten zu Haible Vertrauen, der ihnen dann versprach zu helfen, wenn es um Haftvergünstigungen, Haftdauer oder Ähnliches ging. Einmal hatte er sogar einem Verdächtigen zugesagt, er würde zur Einschulung seiner Tochter mitgehen und ihr im Namen des Vaters eine Schultüte kaufen. Sein Wort hatte er gehalten. Ansonsten hatte Haible wenig Mitleid mit den Tätern. Hatten sie erst einmal gestanden, wurden sie in die Zuständigkeit der Justiz übergeben, damit ein Richter das Urteil sprechen konnte.

Emilie konnte die drei Beamten vorerst auch noch nicht richtig einordnen. Einerseits war sie belustigt über deren Verhalten, irgendetwas sagte ihr aber: Emilie sei achtsam, unterschätze diese schwäbische Dienstehe nicht. Sie hatte heute eine Ahnung bekommen, zu welchen Ausbrüchen der sonst so geruhsame und bedächtige Herr Kriminalhauptkommissar Grießinger fähig war, auch wenn der Morgen, dank Lichtners Schützenhilfe, mit einem kleinen Teilsieg für Emilie geendet hatte.

Jetzt saß Emilie mit Lichtner beim Italiener um die Ecke und trank bereits den zweiten Espresso und der Blick Lichtners verhieß weiteres Ungemach an diesem Tag.

Grießinger und seine Truppe hatten heute nur verhältnismäßig kurz gevespert. Das lag aber nicht etwa an dem verdünnten Most oder daran, dass die Büchsenwurst und die Landjäger nicht gut waren. Auch die Kimmicher, die

Georg Baisch vor Dienstbeginn frisch in der Bäckerei Burger geholt hatte, ließen nichts zu wünschen übrig. Einzig das Griebenschmalz hätte vielleicht eine Spur kälter sein dürfen. Aber am Vesper lag es heute wirklich nicht. Grießinger wollte nach Dapfen fahren und Tiberius Hauser einen Besuch abstatten. So ein Fehler war ihm in 30 Dienstjahren noch nicht unterlaufen, und das alles nur wegen diesem Weibsbild. Sie brachte ihn ganz durcheinander. Also gab es heute nur ein kurzes Vesper und als Haible sich gerade genüsslich ein Schmalzbrot schmierte, dann etwas Senf auf sein Vesperbrett drückte und den Landjäger bereitlegte, da stand Grießinger schon wieder auf, holte seine karierte Mütze, seine Jacke sowie seine Aktentasche und drängte zum Aufbruch. Etwas entrüstet schüttelten seine Kollegen den Kopf, wickelten die erst teilweise fertig belegten Brote und angebissenen Würste in etwas Zeitungspapier (Reutlinger General-Anzeiger vom Vortag, dreifach gelesen) ein, zogen ihre Jacken an und folgten ihrem Chef hinunter in den Hof zu seinem langjährigen Dienstwagen. Ungewohnt schnell fuhr Grießinger aus dem Hof, seine Kollegen bekamen regelrecht Angst und hielten sich krampfhaft an ihren Sitzen fest. So hatten sie ihren Chef noch nie erlebte.

Beim Italiener spitzte sich derweil die Situation zu. Emilie spürte, dass Lichtner ihr etwas sagen wollte, und sie hatte es bis zum dritten Espresso und drei Gläsern Wasser dazu geschafft, die Situation elegant zu umschiffen. Sie ahnte, was nun aber unweigerlich kommen musste.

»Emilie, ich habe über uns nachgedacht. Meinst du nicht, wir könnten es noch mal miteinander probieren? Weißt du, ich bin jetzt auch im dem Alter, wo man sich überlegt, mit wem man den Rest seines Lebens verbringen möchte.«

Lichtner hatte seinen 100-Prozent-Schmachtblick aufgelegt und Emilie spürte das Kribbeln, das seine Stimme und dieser unverschämte Blick stets in ihr verursachten. Sie hatte

das Gefühl, am ganzen Körper zu schwitzen, und hatte zittrige Hände.
»Emilie, sag nicht nein, überleg' es dir noch mal und lass uns in den nächsten Tagen bei einem Glas Wein und einer wunderbaren Pasta darüber reden.«
Jetzt hatte Lichtners Stimme fast etwas Flehentliches.
»Lieber Fritz, da gibt es nichts zu überlegen.« Über Lichtners Gesicht breitete sich ein freudiges Lächeln bei Emilies Worten aus, das aber mit dem nächsten Satz erstarrte.
»Ich will nicht mehr mit dir zusammenleben. Ich bin verheiratet und liebe meinen Mann. Auch wenn du mich, zugegebenermaßen, sehr reizt. Ich finde, du bist noch immer ein sehr erotischer Mann, einer mit dem Blick eines Herzensbrechers und einer Stimme, die weiche Knie macht. Aber die Zeit ist vorbei, in der ich alles liegen und stehen lassen würde, um mit dir loszuziehen.«
Dass Emilie ihn als »Herzensbrecher« bezeichnete, hellte Lichtners Miene wieder deutlich auf. Er fühlte sich geschmeichelt.

»Francesco, bitte einen doppelten Grappa! Soeben hat mich diese wunderbare Frau abblitzen lassen«, rief er quer durch das ganze Lokal. Alle sahen zu ihrem Tisch herüber und Emilie wäre am liebsten in den Boden versunken.
Francesco brachte den Grappa und blickte dabei Emilie vorwurfsvoll an: »Bella, wie kannst du diese wunderbare Mann wegschicke. Er ist für jede Frau wie eine Lotterie-Gewinne.«
Da musste Emilie laut loslachen, sodass erneut alle zu ihr hersahen. Sie stand auf, ging um den Tisch herum zu Lichtner, drückte ihm einen dicken Kuss mitten auf den Mund und sagte, sodass es alle hören konnten: »Diesem wunderbare Mann wünsche ich noch ganze viele Frauen, die Lotterie-Gewinne machen.«
Francesco strahlte von einem Ohr zum anderen, während sich Lichtner genussvoll die eben geküssten Lippen leckte.

»Emilie, auch wenn ich heute Schiffbruch erlitten habe. Ich werde noch nicht so schnell aufgeben.«

Emilie war erleichtert und ein wenig gespannt, was sich der verrückte Fritz Lichtner noch alles einfallen lassen würde, um sie zu bekommen.

15 Dapfen erreichten sie tatsächlich in neuer Rekordzeit. Baisch und Haible sahen etwas gestresst aus, weil sie mehr als einmal Blut und Wasser geschwitzt hatten, als ihr Chef mit knapp 90 Stundenkilometern einen Lkw überholt hatte, der gut 70 km/h fuhr. In der Hektik hatte Grießinger vergessen, die Adresse und einen Ortsplan mitzunehmen und so mussten sie im »Hirsch« nachfragen, wo Tiberius Hauser seinen Hof hatte. Es war bereits gegen 15 Uhr, als sie den fast leeren Gastraum betraten und in Richtung Theke gingen. Am Stammtisch, der sich in einer Nische neben der Theke befand, saßen Männer und spielten Binokel. Lautstark knallten sie ihre Karten zum Stechen auf den Tisch und hatten wohl schon einige Bier getrunken, als Kriminalhauptkommissar eine wohlbekannte Stimme vernahm: »Ich sag's euch, dem hab ich's gegeben, dem Sesselfurzer in Reutlingen. Laufen lassen hat er mich und sich noch entschuldigt für das dumme Weibsbild mit dem Scheiß-Köter.«
Bei diesen Worten hoben die anderen am Tisch ihre Halbe: »Prost auf den Hauser!«
Nachdem sie ihre Gläser auf den Tisch geknallt hatten und die Karten wieder aufnahmen, kam Grießinger um die Theke herum, nahm sich einen Stuhl am Stammtisch und setzte sich mit größter Selbstverständlichkeit an den Tisch: »Hirschwirt, eine Halbe für den Sesselfurzer!«
Am Stammtisch herrschte sofort Stille. Tiberius Hauser starrte den Kommissar mit glasigen Augen an, als ob ihm ein Geist erschienen wäre. Die anderen am Tisch ahnten, dass hier irgendetwas nicht stimmte, und beschlossen zu schweigen.
»Ich würde gerne mitspielen bei eurem Binokel. Ihr seid ja hervorragende Spieler und könnt super blöffen, hat man mir gesagt.«
Grießinger war immer noch vollkommen ruhig. Gespannt sahen seine Kollegen von der Theke aus zu, was nun passieren würde. Bei Grießinger konnte man nie wissen.

»Helmut, misch neu und geb aus!«
Hauser versuchte seine Unsicherheit und Überraschung zu verbergen und beschloss das Spiel mitzuspielen.
»Da habt ihr mir aber einen rechten Mist gegeben«, seufzte Grießinger, als er die Karten aufnahm. Sein Gesichtsausdruck zeigte Enttäuschung und Ratlosigkeit. »Wer hat hier eigentlich die guten Karten?« Dabei fixierte er Hauser.
Der konnte dem Blick nicht lange standhalten und murmelte mit gesenktem Kopf: »Ich glaub, ich hab ganz schlechte Karten.«
»Dann leg endlich deine Karten auf den Tisch und schreib den Scheiß ab.« Grießinger hatte sich bei diesen Worten halb erhoben und zu Hauser hinübergebeugt. Seine Nasenspitze berührte fast die von Hauser und seine Stimme war bereits deutlich lauter geworden.
Hauser ließ tatsächlich seine Karten auf den Tisch fallen und auch seine Mitspieler sanken sichtlich in sich zusammen.
»Wir haben den Lamparter nicht ermordet. Als wir abgehauen sind, hat er noch gelebt. Des müssen Sie uns glauben, Herr Hauptkommissar. Wir haben ihn nur ein bisschen verprügelt.«
»So, ihr habt den Schäfer also nur ein bisschen gehauen? Warum der Hund dich nicht mag, kannst du dir gar nicht erklären, oder? Hauser, das hast du mir bereits heute Morgen alles erzählt und ich habe es dir geglaubt, bis ich mit der Spurensicherung gesprochen habe. Es sieht nicht gut aus für euch räse Spinner. Ich nehme mal an, hier am Tisch sitzen genau die Richtigen. Haible, Baisch, wir nehmen die Herrschaften mit. Fordern Sie bitte Verstärkung an – oder habt ihr mir noch irgendetwas zu sagen? Wir sprechen hier immerhin über gemeinschaftliche Körperverletzung mit Todesfolge, wenn nicht sogar Totschlag oder Mord. Es geht nicht mehr um eine kleine Abreibung, meine Herrschaften, sondern um etliche Jahre Gefängnis.«
Grießinger war jetzt ziemlich grantig in Anbetracht der

Sturheit und Dummheit, die von den Stammtischbrüdern an den Tag gelegt wurde.
Helmut, der vorher die Karten gegeben hatte, war der Erste, der seinen Widerstand aufgab.
»Der Schäfer hat schon lange eine Abreibung verdient. Der hat sein Geld inzwischen nicht mehr mit seinen Schafen, sondern mit den Touristen verdient. Ständig hat der irgendwelche Stuttgarter auf der Heid rumgeführt und denne irgendwelche Geschichten erzählt. Außerdem hat er an Haufen Geld mit seim Schäferwagenklumpp verdient. Die Städter waret ganz wild drauf, in denne enge Dinger drin zum schlafen. Dann sind wir halt am Samstag nauf zum Sternberg und haben ihm auf sei Gosch naufgschlaga. Verdient hat er es zweimal.«
Jetzt meldete sich auch Hauser zu Wort:
»Ich hab meine Leut gesagt, wir müssen dem Lamparter sein Maul stopfen, der lacht uns sonst aus. Wir sind also zum Sternberg und dann ist der Seggel abgehauen. Seine Hund hen auf d'Schaf aufpasst und er isch davongsprunga. Mir also hinterher, der hat natürlich koi Chance ghabt zu entkommen. An der Sandgrub hämmern gschnappt und ihm ordentlich eine mitgegeben.«
»Wer hat zugeschlagen und wer hat ihn festgehalten?«, wollte Grießinger wissen.
Da meldete sich der dritte Binokel-Spieler zu Wort, der von den anderen Hubbe genannt wurde. Mit ängstlichem Blick zu Hauser hinüber wandte er sich an den Kommissar:
»Hauser, des darfst jetzt net falsch verstehen, aber ich hab a Frau und zwei Kinder daheim. Also, Herr Grießinger, des war so, dass der Hauser zugeschlagen hat. Mir anderen haben den Schäfer bloß gehoben und aufgepasst, ob jemand kommt. Also, wisset Sie, Herr Kommissar, ich bin eigentlich bloß Schmiere gestanden. Ich hab den Lamparter gar nicht berührt.«
Hauser schaute düster zu seinem Kumpel rüber.

An der Theke war zwischenzeitlich eine Frau aufgetaucht, die der Unterhaltung am Stammtisch aufmerksam gefolgt war. Sie war auffallend modisch gekleidet, hatte einen flotten Haarschnitt mit blonden Strähnen, eine zur Kleidung passende Brille und flache elegante Lederschuhe an. Als sie bemerkte, dass der Kommissar sie etwas missmutig ansah und seinen Assistenten ein Zeichen gab, sie hinauszubringen, ging sie in Richtung Stammtisch und wandte sich direkt an Grießinger:

»Guten Tag, Herr Inspektor. Mein Name ist Roswitha Bächtle und ich bin langjähriges Mitglied im Verein der Ferienwohnungsvermieter auf der Schwäbischen Alb, kurz VFVSA, und ich wollte Ihnen nur sagen, dass ich erst gestern mit dem Landrat über diese unsäglichen Spinner geredet und ihn gebeten habe, unbedingt und dringend etwas zu unternehmen. Diese Spinner werden immer frecher, und jetzt auch noch der tote Schäfer am Sternberg. Eine Katastrophe für den Tourismus in der Region, und das jetzt, wo doch das Biosphärengebiet ganz neue Chancen eröffnet und die ganze Welt auf uns blickt und noch mehr Menschen Urlaub auf dem Bauernhof und in den Ferienwohnungen auf der Alb machen wollen. Es ist dringend erforderlich, dass die Polizei, dein Freund und Helfer, hier für Ordnung und Ruhe sorgt und alle Besucher, Touristen und auch Einheimische wieder ruhig schlafen können und sich sicher fühlen. Wir haben ja bald Großstadtverhältnisse wie in Frankfurt oder in Stuttgart auf der Alb. Man ist ja seines Lebens nicht mehr sicher und wir …«

Frau Bächtle musste Luft holen.

Grießinger ergriff diese Chance, blickte sie streng an und fragte: »Was machen Sie eigentlich hier?«

Die Frage brachte Frau Bächtle sichtlich aus dem Konzept und nach kurzem Nachdenken antwortete sie: »Ich hab zum Hirschwirt müssen wegen der Kommunion von meinem Sohn und dem Fest und wegen dem Essen, wissen Sie?«

Grießinger spürte, dass Frau Bächtle log, und wandte sich gerade wieder Hauser und seinen Freunden zu, als Frau Bächtle wieder loslegte:
»Ich bin stolz auf Sie, Herr …, wie war noch mal Ihr Name? Ach ja, Herr Inspektor Grießinger. Verhaften Sie diese Halbstarken alle und Sie werden keinen Unschuldigen dabei haben. Sie können sicher sein, wenn ich das nächste Mal mit dem Landrat Kaffee trinke, werde ich Ihr Engagement und Ihren Eifer lobend erwähnen, Herr Grießhaber, oder wie war noch mal Ihr Name?«
Grießinger verzog das Gesicht wie nach dem Genuss eines besonders räsen Mostes, winkte mit der Hand ab, bedankte sich artig und meinte:
»Jetzt gehen Sie beruhigt nach Hause und überlassen uns die Polizeiarbeit, allerwerteste Frau Bächtle. – So, meine Herrschaften, jetzt wissen wir immerhin wer zugeschlagen hat und wer Schmiere gestanden ist. Jetzt sollte ich nur noch wissen, was die anderen Herren gemacht haben.«
Wieder herrschte betretenes Schweigen am Tisch. Innerlich verfluchte Grießinger diese Bächtle. Sie hatte genau zur falschen Zeit das Verhör gestört. Hauser und seine Kumpane hatten sich vom ersten Schock erholt und wirkten deutlich aufgeräumter als vor ein paar Minuten.
»Ich warte noch immer auf eine Antwort, Herrschaften!«
Hauser war es, der das Schweigen brach:
»Helmut und Rainer haben dem Lamparter nichts getan. Vielleicht ein bisschen festgehalten, aber sonst wirklich nix.«
Grießinger blickte verachtend in die Runde: »Was seid ihr doch für Feiglinge. Zu viert seid ihr auf den Schäfer los. Der hatte ja nicht mal den Hauch einer Chance. Ich denke, für heute habe ich genug von euch. Haible, was macht die Verstärkung?«
»Draußen warten a Bussle und zwei Streifenwagen, Chef.«
»Die sollet reinkommen und diese Helden hier mitnehmen.

Morgen sprechen wir uns dann im Präsidium wieder und sie haben genügend Zeit heute Nacht in einer Zelle darüber nachzudenken, was eigentlich am Sternberg zwischen ihnen und dem Schäfer genau passiert ist. Sie sind allesamt vorläufig festgenommen wegen des dringenden Tatverdachts der gemeinschaftlichen Körperverletzung mit Todesfolge am Schäfer Rudolf Lamparter. Aufstehen, Herrschaften! Packen wir es.«

Bei diesen Worten kamen Haible und Baisch an den Tisch und behielten die vier Rebellen aus dem Lautertal scharf im Blick. Die Schläger und Erpresser wirkten jetzt wie kleine Buben, die einen dummen, einen sehr dummen Streich gemacht hatten. Der Schwächste in der Runde, den Hauser vorher Hubbe genannt hatte, unternahm noch einen letzten Versuch, den Abtransport ins Untersuchungsgefängnis abzuwenden.

»Herr Inspektor, bitte lassen Sie mich gehen, ich hab doch Frau und Kinder«, bettelte er mit weinerlicher Stimme.

Grießinger ignorierte jedoch sein Geheul.

Mit gesenktem Kopf verließen die Mitglieder der »Radikalen Älbler Schutztruppe« das Wirtshaus, und noch nicht einmal der Wirt hatte einen Funken Mitleid mit seinen vier Stammgästen.

Grießinger blickte ihnen zufrieden nach. Er hatte das Gefühl, einen Fall besonders schnell und unkompliziert gelöst zu haben. »Morgen werden die Herrschaften mit Sicherheit ein Geständnis ablegen und ich hab endlich meine Ruhe von dieser Lämmle, von Steinkreisen und Wacholderzweigen. Wer den Steinkreis gelegt hat, das ist mir jetzt vollkommen wurscht. Tot ist tot, und sobald ich ein Geständnis habe, kommt der Fall zu den Akten«, dachte sich Grießinger, und so wurde ein miserabler Tag doch noch zu einem erfolgreichen Tag.

Haible und Baisch kamen wieder zurück in die Wirtschaft. Grießinger hatte gerade noch ein paar neugierige Fragen des

Wirts gönnerhaft beantwortet und sich dabei an den verlassenen Stammtisch gesetzt.

Grießinger konnte es sich nicht verkneifen, den »Dabb« des abgebrochenen Binokelspiels, der in der Mitte des Tisches verdeckt lag, aufzudecken.

»Mensch, zwei Schippen-Ober! Haible, Baisch, da schaut her. Im ›Dapp‹ waren zwei Schippen-Ober und ich hatte die zwei Schellen-Unter auf der Hand. Schaut her, ich hätte einen Dreihunderter gehabt!« Bei dieser Erkenntnis schlug er sich mit der flachen Hand gegen die Stirn. »So ein Sauglück hat man nicht oft, und dann brech ich Seggel das Spiel ab.«

Baisch und Haible nickten mitfühlend. Ein »Dreihunderter«, das war schon was, das tat weh, den einfach wegzuwerfen.

»Möchten Sie noch etwas essen«, fragte der Hirschwirt eifrig, als er die drei Kommissare etwas unschlüssig am Stammtisch sitzen sah. »Mir haben gemetzgert, wie wär's mit einer Schlachtplatte mit frischem Kesselfleisch und ein paar Blut- und Leberwürsten? Das Sauerkraut müsst auch schon fertig sein.«

Gleichzeitig, wie auf Kommando, antworteten Grießinger, Baisch und Haible mit einem kräftigen, hocherfreuten »Jaaa«.

Allein bei dem Wort »Schlachtplatte« war ihnen bereits das Wasser im Mund zusammengelaufen, und nach dem hektischen, viel zu ereignisreichen Tag sehnten sie sich alle nach einem geruhsamen, reichhaltigen und ungestörten Vesper.

Eine Viertelstunde später trug der Hirschwirt eine riesige Platte mit einem Berg Sauerkraut und obendrauf mehreren Scheiben Kesselfleisch aus der Schulter und prall gefüllte Blut- und Leberwürstle zum Tisch. Dazu stellte er einen Brotkorb mit von seiner Frau frisch gebackenem Kartoffelbrot, ein Häfele mit Senf und etwas frisch geriebenen Meerrettich hin. »So Herrschaften, an Guada miteinander! Soll i no a Halbe bringa oder darf's ein Birnenmost sein?«

Die drei Kommissare bekamen leuchtende Augen, bestellten einen Birnenmost und griffen, kaum war die Platte auf dem Tisch platziert, herzhaft zu. Bald erfüllte ein genüssliches Kauen, Schmatzen und zufriedenes Brummen den Raum.

»Ond: Hat's geschmeckt?« Der Wirt kam erst wieder an den Tisch, als die Platte vollkommen blank war und die drei Herren etwas angeschlagen, aber zufrieden auf ihren Stühlen hingen.

»Die beschte Schlachtplatte in meinem Leben, ich sag's Ihnen. So was Gutes aber auch.«

Grießinger geriet regelrecht ins Schwärmen und bedankte sich ausgiebig für den Genuss.

»Was sind wir Ihnen schuldig? Wir müssen nämlich langsam wieder runter ins Tal.« Grießinger legte seinen Geldbeutel auf den Tisch, doch der Wirt winkte ab und meinte:

»Behalten Sie nur den Hauser und seine Buben eine Weile hinter Gittern, das ist mir Lohn genug. Es war mir eine Ehre, meine Herren, dass Sie meine Gäste waren.«

Grießinger und seine Kollegen bedankten sich noch mehrmals und wankten dann mit prall gefüllten Bäuchen zu Grießingers Daimler, der sie dieses Mal deutlich gemächlicher nach Reutlingen bringen sollte.

Unterwegs besprach Grießinger unerbittlich die morgige Vorgehensweise und delegierte mehrere Aufgaben an seine Kollegen. Es schien, als habe die opulente Schlachtplatte bei dem Kriminalhauptkommissar keinerlei Schäden hinterlassen. Präzise und diszipliniert gab er seine Anweisungen und Baisch notierte eifrig alles in sein Notizbuch, während Haible das Fenster heruntergekurbelt hatte und seine Nase in den Fahrtwind hielt. Das Sauerkraut plagte ihn fürchterlich und ihm war schlecht von den vielen Blut- und Leberwürsten, die er vertilgt hatte. Er freute sich schon jetzt auf den selbst gebrannten Obstler, der zu Hause für Ordnung in seinem Magen sorgen würde.

16

Mittwochmorgen, 8:00 Uhr. Kriminalhauptkommissar Grießinger saß an seinem Schreibtisch und wartete. Er wartete auf Haible und Baisch, er wartete auf einen Anruf vom Staatsanwalt, er wartete auf die Spurensicherung und er wartete auf einen Anruf seiner Frau, weil er heute Morgen seine extralange Jacke zu Hause vergessen hatte. Hinter Grießinger lag eine unruhige Nacht mit grausamen Blähungen, Magengrimmen und Sodbrennen. Unzählige Male hatte er die Schlachtplatte in der letzten Nacht verflucht oder vermutet, dass vielleicht der Wirt ihm nach dem Leben getrachtet hat, wohl wissend, dass er an seinem Zustand selbst schuld war. Wie oft hatte ihm sein Hausarzt schon gesagt, er solle nicht mehr so schwer essen und auf Kraut und Zwiebeln am besten ganz verzichten.

Grießinger wurde grantig, wenn er warten musste. Besonders schlimm war es, wenn er müde war und warten musste. Als er gerade zum Telefon greifen wollte, um seine Kollegen zum Dienst zu beordern, ging die Tür auf. Baisch und Haible waren vollkommen aufgelöst und berichteten von den gleichen Symptomen, wie Grießinger sie letzte Nacht durchlitten hatte. Der Kriminalhauptkommissar brummelte nur ein kaum verständliches »Schon recht« und wartete, bis alle auf ihren Plätzen saßen. Es klopfte an der Tür und ein Kollege von der Kriminaltechnischen Untersuchungsstelle legte den letzten Stand der Spurensicherung dar.

»Die Schuhspuren in der Blutlache sind definitiv von einem Wanderschuh, Größe 38. Gut denkbar, dass es sich um den Fußabdruck einer Frau handelt, außerdem haben die verschiedenen Fahrzeugspuren ergeben, dass im Zeitraum von Freitag bis Sonntag mindestens zwei große Traktoren und ein Geländewagen mit sehr grobstolligen Reifen, also kein Möchtegern-Offroader für Manager, sondern ein richtiger mit Allrad und viel Bodenfreiheit. Wir tippen vom Radstand her auf einen Pick-up oder ein längeres Fahrzeug.

Wir wissen jetzt auch, warum der Lamparter sein Fahrzeug am Sternberghaus abgestellt hat. Die Wirtsleute vom Albverein haben erzählt, dass sein Auto schon zweimal manipuliert wurde. Beim letzten Mal hat er die neuen Bremsleitungen gebraucht. Das hat auch die Werkstatt bestätigt. Seitdem hat er das Auto dort abgestellt, weil da oben immer Wanderer unterwegs sind und die Wirtsleute ein Auge auf das Auto warfen. Der Rest steht alles im Bericht. Noch Fragen?«
Grießinger antwortete dem Kollegen von der KTU mit einem bruddligen »Schon recht« und winkte ihn mit der Hand aus dem Dienstzimmer. Dieser blickte überrascht und mit einem Schulterzucken zu den beiden Assistenten, die mit einem Schulterzucken antworteten.
Grießinger wollte gerade den Bericht der Spurensicherung aufschlagen, als das Telefon klingelte. Es war der Staatsanwalt.
»Guten Morgen, Herr Dr. Pfisterer. Ich habe gestern vier Herren verhaftet und in Untersuchungshaft bringen lassen. Jetzt brauche ich die Genehmigung für eine Hausdurchsuchung und wir sollten die Herren, glaube ich, etwas länger bei uns behalten. Ja, genau, Sie haben richtig gelesen, Verdacht auf gemeinschaftliche Körperverletzung mit Todesfolge, unter Umständen sogar Mord. Ja, genau, es ist der Fall mit dem toten Schäfer. Ach, Sie haben schon einen Anruf vom Herrn Oberstaatsanwalt bekommen. Ach so, der hatte einen Anruf vom Landrat. Ja, ich verstehe, oberste Priorität für den Fall. Aber sicher, Herr Staatsanwalt, wir sind dran. Wenn alles klappt, haben wir heute noch die Täter überführt. Danke, Herr Staatsanwalt, Sie sind zu freundlich. Vielen Dank. Ja, Sie haben natürlich morgen einen Bericht auf Ihrem Schreibtisch. Auf Wiederhören, Herr Dr. Pfisterer. Ja, auf Wiederhören.«
Grießinger knallte den Hörer auf die Gabel und hatte einen noch grantigeren Gesichtsausdruck als vor dem Telefonat. Da klingelte es schon wieder.

»Kriminalhauptkommissar Grießinger am Apparat. Ach, du bist es, Martha. Ja, ich habe leider meine Jacke vergessen. Ob ich beim Arzt war? Nein, mir geht es wirklich gut, ich muss nicht zum Arzt. Ja, das mit der Jacke ist bedauerlich.«
Baisch und Haible hatten Mühe, ein Grinsen zu unterdrücken.
»Ja, du hast recht, Martha, es wird nicht mehr passieren, dass ich die Jacke vergesse! Ja, Martha, heute Abend wird es nicht zu spät. Ja, verflixt noch mal, ich kann jetzt nicht mehr tun, als das nächste Mal die Scheiß-Jacke nicht mehr zu vergessen!«
Bei den letzten Worten hatte er den Hörer vor sich gehalten und hineingeschrien. Dann knallte er den Hörer so fest auf die Gabel, dass er wieder herunter sprang, und rang nach Fassung. Seine Ehefrau mit ihrer übertriebenen Angst vor allen möglichen Krankheiten trieb ihn noch in den Wahnsinn.
»Herrschaften, entschuldigen Sie bitte, ich hatte eine etwas unruhige Nacht und fühle mich heute überhaupt nicht wohl.«
Seine Kollegen nickten mitfühlend und verständnisvoll.
»Trotzdem haben wir heute einen Tag mit vielen Herausforderungen vor uns! Haible, geh mal bitte rüber zum Staatsanwalt und hol die Durchsuchungsbefehle für die Häuser der Herren. Dann sammelst du alle zur Verfügung stehenden Polizeikräfte und schickst sie zusammen mit der Spurensicherung zur Hausdurchsuchung. Wir sollten nach Möglichkeit alle vier Häuser gleichzeitig durchsuchen, damit nichts verschwindet. Ihr habt ja gestern erlebt, wie schnell die Bächtle im ›Hirsch‹ war. Wir fahren dann zum Hof von Hauser und unterstützen dort die Durchsuchungsaktion. Ich glaub, dort werden wir am meisten finden. Der Hauser ist der Anführer. Sag den Beamten und der Spurensicherung, dass sie vor allem nach Erpresserbriefen, blutverschmierter Kleidung und Schuhen, dem Reifenprofil von

den Traktoren und von einem Geländewagen, nach gefährlichen Stoffen und Waffen suchen sollen. Wer weiß, was die noch alles im Schilde geführt haben?
Baisch, du rufst im Untersuchungsgefängnis an und lässt die Herren heute Nachmittag um vier herbringen. Aber die sollen alle getrennt gebracht werden, so dass sie nicht miteinander reden können. Und vorher kümmerst du dich noch darum, dass alle vier erkennungsdienstlich behandelt werden. Frage bitte unbedingt nach, ob die gestern noch das große Programm mit DNA gemacht haben. Dann brauche ich noch unbedingt die Schuhgrößen der Herren und lass bitte die Herrschaften auch auf Kratzspuren oder andere Wunden untersuchen.«
Baisch fragte nicht nach, notierte alles eifrig und griff dann zum Telefon. Er war ungewöhnliche Anweisungen und Wünsche seines Chefs gewohnt. Was wusste er schon, welche Gedanken und genialen Einfälle der Alte gerade hatte.
»Ich fahr jetzt schon mal auf die Alb nach Dapfen und ihr kommt mit eurem eigenen Auto nach. Spätestens um drei heute Nachmittag treffen wir uns wieder hier im Büro.«
Baisch und Haible nickten erleichtert. Eine weitere Fahrt auf die Alb mit ihrem Chef hätten sie vermutlich heute nicht überstanden.
Grießinger musste nachdenken. Das war der eigentliche Grund, dass er unbedingt allein auf die Alb fahren wollte. Irgendetwas stimmte noch nicht bei diesem Fall. Hatten die Spinner um Tiberius Hauser den Schäfer wirklich umgebracht? Insgeheim hoffte er bei der Durchsuchung der Höfe und Häuser die Beweise für den Mord oder Totschlag zu finden. Vielleicht hatten sie Glück und fanden die blutverschmierte Kleidung oder die DNA unter Lamparters Fingernägeln stimmte mit der von wenigstens einem der vier Verdächtigen überein.
Was aber, wenn nicht? Vielleicht sollte er die Spur des Hobbyarchäologen doch noch aufnehmen? Immerhin hatte er

Frau Lämmle mit einem Spaten bedroht. Es könnte ja sein, dass der Schäfer dem Archäologen im Weg war. So viele Jahre hatte er für den Ruf seines Großvaters gekämpft und jetzt will ein kleiner Schäfer seine Grabungen verhindern, hat sie sogar verraten. Ein starkes Motiv, um einen Menschen in rasender Wut umzubringen.
Der Schäfer Voigt ging ihm ebenfalls nicht aus dem Kopf. Irgendetwas an seiner Reaktion am Sonntag, als der tote Schäfer gefunden wurde, war seltsam. Grießinger hatte den Eindruck gehabt, der Schäfer wusste bereits von dem Toten am Sternberg. War es womöglich doch bei einer Auseinandersetzung wegen einer Pacht auf dem ehemaligen Truppenübungsplatz Münsingen zum Streit gekommen, der aus irgendwelchen Gründen eskalierte? Voigt war als knallharter Geschäftsmann bekannt, der sehr clever seine Lämmer und Schafe direkt vermarktete und zwischenzeitlich in viele Gourmet-Lokale in Süddeutschland sein Alb-Lamm lieferte. Selbst die mit Pre-Sale-Lämmern verwöhnten französischen Feinschmecker wollten das würzige Lammfleisch von der Alb auf dem Tisch haben und um weiterhin liefern zu können brauchte Voigt dringend weitere Weideflächen zur Vergrößerung seiner Herde. Reichte das für einen Totschlag oder Mord aus? Vielleicht hatte Lamparter ja irgendetwas gegen seinen Kollegen in der Hand. Im Büro musste er unbedingt den Bericht der Spurensicherung aus Lamparters Haus genauer lesen. Eventuell würde sich dann auch die Übungsmunition in Lamparters Hand erklären. Es könnte ein Hinweis auf den ehemaligen Truppenübungsplatz sein, denn dort lagen noch Unmengen Munition herum.
Grießinger war vollkommen in Gedanken versunken und nahm deshalb auch nicht die verzweifelten Autofahrer hinter sich wahr, als er mit knapp 40 Stundenkilometern die Honauer Steige hinaufkroch. Das wilde und riskante Überholen auf der Hochfläche quittierte er wie immer mit einem verständnislosen Kopfschütteln. Zur Sicherheit sah er auf

seinen Tacho. »Knapp 60 Stundenkilometer auf der Landstraße, das war doch recht flott, was mussten die Leute nur so rasen«, dachte er sich im Stillen, suchte im Radio SWR4 und tuckerte weiter gemütlich nach Dapfen.

Der Hof von Tiberius Hauser lag direkt an der Lautertalstraße. Grießinger hatte ihn schnell gefunden und als er in den Hof einbog, war die Spurensicherung schon mit einigen Leuten an der Arbeit. Jetzt war er doch etwas verwundert, woher die Einsatztruppe so schnell kam. Ihm war nicht aufgefallen, dass sie ihn bereits ein Stück vor der Honauer Steige überholt hatte. Beim Gang über den Hof hinüber zum Wohnhaus rief Lichtner aus der offenen Stalltür:

»Guten Tag, Herr Kollege Grießinger. Auch schon vor Ort?« Dabei grinste er schadenfroh.

Grießinger hielt kurz inne, winkte mit der Hand ab und begab sich dann weiter ins Wohnhaus. Es war nicht sein Tag heute und die hämischen Kommentare dieses Fritz Lichtner konnte er heute schon gar nicht gebrauchen.

An der Haustür begegnete ihm ein Kollege mit einer Umzugskiste, die er zum geöffneten Kastenwagen brachte.

»Schon was gefunden? Was haben Sie in der Kiste, Kollege?«

»Zeitungen, aus denen einzelne Buchstaben und ganze Überschriften ausgeschnitten sind, Kleber, Papier und Plastikhandschuhe.«

Grießinger nickte und ging weiter in die große Wohnküche. Dort saß eine Frau in Hausers Alter, ziemlich stabil gebaut, mit einer geblümten Kittelschürze und schälte Kartoffeln. Vermutlich war es die Ehefrau von Tiberius Hauser. Ihre Augen schimmerten verdächtig nass und Grießinger wappnete sich innerlich auf die nun folgenden Ereignisse.

»Guten Tag. Kriminalhauptkommissar Grießinger«, stellte er sich vor und zog dabei seinen Dienstausweis aus der Brieftasche, die er zum Glück heute Morgen nicht vergessen hatte. »Darf ich fragen, wer Sie sind?«

»Hauser ist mein Name, Rose Hauser. Sie sind der Mensch, der meinen Mann eingesperrt hat, oder?«
»Ja, vorläufig schon, Frau Hauser. Das ließ sich leider nicht vermeiden.«
»Mein Mann ist unschuldig, der hat niemand was getan.«
Aus der Verzweiflung in Rose Hausers Stimme konnte Grießinger eine beginnende Wut heraushören. Also beschloss er diese Frau möglichst wenig aufzuregen.
»Sie haben recht, vermutlich ist Ihr Mann unschuldig. Aber bis alles geklärt ist, bleibt er besser bei uns.«
»Und was soll das für ein Theater hier sein? Warum durchsuchen ihre Leut' meine Unterwäsche und kriechen unter mein Ehebett? So eine bodenlose Unverschämtheit! Was glauben Sie eigentlich? Haben Sie mir auch diese Leut' auf den Hals gehetzt? Haben Sie denen befohlen, bei mir alles auf den Kopf zu stellen? Wisset Sie eigentlich, wie sich jetzt meinen Nachbarinnen ihr Maul verreißen, wenn der ganze Hof voll mit Polizeiautos steht? Wisset Sie eigentlich, was morgen im Dorf los ist?«
Da wusste sie noch nicht, dass zeitgleich in drei anderen Höfen und Wohnhäusern Hausdurchsuchungen liefen und morgen im Dorf richtig was los sein würde. Er konnte sich lebhaft vorstellen, wie sich die wildesten Gerüchte entwickeln würden und morgen überall im Dorf die alles besser Wissenden in Gruppen beieinander stehen und ihre vernichtenden Vorverurteilungen treffen würden.
Grießinger hatte an diesem Tag überhaupt keine Lust zu streiten oder sich das Gejammere angeblich ahnungsloser Ehefrauen anzuhören. Meistens stellte sich dann doch heraus, dass sie gemeinsam mit ihren Männern unter einer Decke steckten oder zumindest ganz genau wussten, was gelaufen war, wenn sie nicht sogar aktiv beteiligt waren. Bei Grießinger waren die ahnungslosen Ehefrauen an der ganz falschen Stelle, und das ließ er sie auch deutlich spüren.
Seine Frau, die Martha, die war nie ahnungslos. Sie musste

ihn nur ansehen, um zu wissen, was er brauchte. Ob er wollte oder nicht, spielte dabei keine Rolle. Im Dienst war das anders. Da hatten ihm Frauen nichts zu sagen. Bis jetzt zumindest.

»Jetzt hören Sie auf zu jammern, Frau Hauser. Sie hätten vielleicht eher Ihren Mann anschreien müssen, was er für einen Unfug treibt, und nicht mich!«

Rose Hauser saß mit geöffnetem Mund fassungslos am Küchentisch, in der einen Hand eine Kartoffel und in der anderen das Schälmesser. Ihr gewaltiger Busen wogte unter der geblümten Kittelschürze und ihr Kinn zitterte verdächtig. Grießinger beeilte sich, die Küche zu verlassen, und wies beim Hinausgehen zwei Polizisten an, Frau Hauser am Verlassen der Küche unter allen Umständen zu hindern und im Zweifelsfall eine Beamtin anzufordern, um sie eventuell auf die Toilette zu begleiten.

Gerade betrat er das Schlafzimmer im ersten Stock, da hörte er unter sich den Vulkan ausbrechen. Hysterisches Schreien, klirrendes Geschirr und aufgeregte Rufe der Beamten nach Verstärkung ließen nichts Gutes vermuten, aber Grießinger ließ sich davon nicht aus der Ruhe bringen. Er stellte den anwesenden Kollegen kurze Fragen und wies sie an, besonders nach Blutspuren an Kleidungsstücken zu suchen.

Vom Schlafzimmer ging er wieder die Treppe hinunter, verließ das Wohngebäude und schritt hinüber zum Stall und zur Scheune, wo er Lichtner vermutete. Er erreichte gerade die Stalltür, da stieß er fast mit Lichtner zusammen. In seiner Rechten hielt er einen Sack mit Kleidern und Schuhen.

»Kollege Grießinger, ich glaube, wir haben ihn«, schwenkte er triumphierend den Plastiksack. »Hier drin sind ein Blaukittel, eine Schafhose und Arbeitsschuhe, allesamt mit ziemlich heftigen Blutspuren!«

Grießinger lächelte anerkennend: »Gute Arbeit, Kollege Lichtner. Ich denke, wir können dann auch wieder langsam zusammenpacken. Das wichtigste Beweisstück haben wir wohl gefunden. Schauen Sie bitte noch auf den anderen Höfen vorbei und tragen Sie zusammen, was dort noch aufgetaucht ist.«

Pfeifend ging Grießinger zu seinem Auto. Wer hätte gedacht, dass sich der Tag so prächtig entwickeln würde. Jetzt würde er sich persönlich die vier Kumpane einzeln vornehmen und er war sich sicher, sie würden ihm nicht mehr entkommen.

Kurz vor 15 Uhr kam Grießinger wieder in seinem Büro an. Noch immer pfiff er einen Schlager aus den 50er-Jahren, als er die Tür öffnete und seine Kollegen Haible und Baisch erblickte.

»So, sind wir schon wieder fleißig? Was gibt es Neues, meine Herren?«

Haible und Baisch blickten sich erstaunt an. Was war denn jetzt mit ihrem Chef los? Baisch zuckte schweigend mit den Schultern und beugte sich dann wieder über den Bericht der erkennungsdienstlichen Behandlung. Haible nahm einen Stapel Unterlagen von der Staatsanwaltschaft und die Auszüge aus dem Personenregister und legte sie Grießinger auf seinen Schreibtisch.

»Hier sind noch die Unterlagen vom Staatsanwalt für die Akten. Außerdem hat er vorerst einer Verlängerung der Untersuchungshaft bis morgen Vormittag zugestimmt. Sollte das nicht reichen, muss er einen Anhörungstermin anberaumen.«

»Herrschaften, ich denke, wir werden den Fall heute aufklären! Rufen Sie bitte bei Kollege Lichtner und dieser Frau Lämmle an, dass wir uns morgen gegen 14:00 Uhr in meinem Büro treffen.«

Wiederum sahen sich Haible und Baisch fragend an. Sollte dem Alten das Sauerkraut gestern nicht bekommen sein? So eilig hatte er es noch nie, einen Fall abzuschließen. Sonst überdachte er die Ermittlungsergebnisse doch lieber dreimal, bevor er den Abschluss eines Falles bekannt gab. Im Stillen vermuteten beide, es müsse am Sauerkraut liegen, und hofften, dass ihr Chef nichts Falsches tat.

Es klopfte an der Tür und ein Beamter aus dem Untersuchungsgefängnis meldete, dass die Verdächtigen Tiberius Hauser, Helmut Vöhringer, Hubert Schmälzle und Tobias Fundel im Haus und zur Vernehmung bereit wären.

»Auf geht's, Herrschaften. Machen wir den Sack zu. Bitten wir zuerst den Verdächtigen Hubert Schmälzle zur Vernehmung. Der hat schon gestern gejammert.«

Grießinger ging hinüber in das Vernehmungszimmer. Noch immer grummelte das Sauerkraut in seinem Bauch und es war ihm gar nicht wohl, oder plagte ihn etwa noch etwas anderes? Grießinger wischte innerlich alle Bedenken weg. Natürlich war es der unsägliche Berg Sauerkraut von gestern, der ihm im Gedärm herumfuhr.

Hubert Schmälzle war ein Häufchen Elend, als er den Raum betrat. Mit seinen kurzen Beinen, der untersetzten Figur, weit fortgeschrittener Halbglatze und dem runden Kopf machte er einen etwas unbeholfenen, schwerfälligen Eindruck. Er nahm am Tisch im Vernehmungszimmer auf dem Stuhl gegenüber von Grießinger Platz und legte seine Hände, die groben Schaufeln glichen, auf den Tisch. Nervös zupfte er an seinen mit Schwielen belegten Handballen herum und blickte unsicher den Kriminalhauptkommissar an. Er erinnerte Grießinger an einen Schulbuben, der auf das Donnerwetter für einen Dumme-Buben-Streich wartete. Grießinger beschloss heute den guten Polizisten zu spielen. Bevor er mit dem Verhör begann, unterrichtete er Schmälzle über seine Rechte und schaltete das Tonbandgerät an.

»Guten Tag, Herr Schmälzle. Ich befrage Sie zu den Vorgängen, die sich am Samstag, dem 22.09.2007 so gegen 17:00 Uhr auf der Wacholderheide am Sternberg zugetragen haben. Bitte überlegen Sie Ihre Antworten gut und versuchen Sie so präzise wie möglich die Abläufe zu schildern.«

Grießinger hatte die Einleitung bewusst in einem zackigen, strengen Tonfall gesprochen und Schmälze dabei mit durchdringendem Blick angesehen. Er sah deutlich, wie der Ver-

dächtige in sich zusammensackte, und wechselte nun den Tonfall:
»Herr Schmälzle, jetzt nehmen Sie sich doch zusammen, es gibt doch keinen Grund, den Kopf hängen zu lassen. Wenn Sie uns weiterhelfen, dann werde ich mich dafür einsetzen, dass Sie bald wieder auf Ihrem Hof bei Frau und Kindern sind.«
Bei diesen Worten erhellten sich Schmälzles Gesichtszüge und Grießinger wusste, seine Taktik würde zum Ziel führen.
»Also wir, der Hauser, der Vöhringer, der Fundel und ich, wollten dem Lamparter schon längst eine mitgeben. Der Hauser hat immer gesagt, der nimmt uns nicht ernst, der lacht uns aus. Am Samstag haben wir uns nachmittags im ›Hirsch‹ getroffen auf ein Bierle nach dem Schaffen. Dann hat der Hauser wieder gesagt, der Lamparter braucht eine auf sein großes Maul. Dabei hat er zum Vöhringer rübergeschaut und gemeint, er hätt ghört, dass der Lamparter seiner Frau schöne Augen mache. Da hat der Hauser ganz dreckig gegrinst, als er das gesagt hat. Der Lamparter ist ja ein Komischer, dem ist alles zuzutrauen, weil der noch nie ein Weib gehabt hat. Der Hauser hat nicht lockergelassen, und irgendwann hat der Vöhringer gemeint, dass wir jetzt zum Sternberg fahren und ihm eine mitgeben sollten.«
»Mit was seid ihr hochgefahren zum Sternberg? Mit dem Auto oder mit was?«
»Also, wir sind mit dem Fendt vom Hauser und vom Vöhringer gefahren, mit was sonst?«
Schmälzle schaute den Kommissar verständnislos an.
»Also, Vollgas und bis hinauf zur ersten Weide, oberhalb vom Schafhaus. Der Vöhringer ist gefahren wie ein Irrer. Fast hätt er den Lamparter über den Haufen gefahren. Der wollt gerade pferchen, hat uns gesehen und ist zu Tod erschrocken. Ich hab nur ghört, wie er seine Hund was zugschrien hat, und dann ist der abgehauen. Der konnt ganz schön springen. Mir hinterher. An der oberen Sandgrub hat

ihn der Hauser erwischt und hat ihm einen Holzknüppel zwischen die Füß geschmissen. Der Vöhringer und der Fundel sind voll auf ihn drauf, aber die Sau hat gekratzt und getreten. Ich hab schier keine Luft mehr gekriegt und hab weiter unten erst mal verschnaufen müssen. Der Hauser hat geschrien, ich soll aufpassen, dass niemand kommt. Und was dann passiert ist, hab ich nicht mehr gesehen. Bloß den Hund, den Riesenköter vom Schäfer, den hab ich kommen sehen und geschrien, dass die anderen aufpassen sollten. Aber gesehen habe ich wirklich nichts. Ich schwör's, ganz ehrlich.«

»Schmälzle, das ist aber schad', dass sie so schlecht sehen. Ich glaub, Sie müssen noch eine Weile bei uns bleiben. Das ist wirklich schad'. Sie haben so schön erzählt.«

»Aber Herr Inspektor, wenn ich es doch sag, ich hab nix von allem gesehen, ich war zu weit weg. Ich hab ja fast keine Luft mehr gekriegt von der Rennerei.«

»Wissen Sie, Schmälzle, ich verstehe das schon, aber ich wundere mich, dass Sie gesehen haben, wie Ihre Kollegen auf den Lamparter drauf sind, und dann plötzlich können Sie nichts mehr sehen. Aber vielleicht hatten Sie ja durch die Rennerei einen Gedächtnisverlust. Wer weiß? – Bringen Sie den Herr Schmälzle bitte wieder in seine Zelle«, wandte sich Grießinger an den Beamten, der neben der Tür wartete. »Als Nächstes die Herren Vöhringer und Fundel bitte.«

Grießinger wich von seinem ursprünglichen Vorhaben, alle einzeln zu verhören, ab. Er war gespannt, ob seine neue Taktik funktionieren würde.

Als Vöhringer und Fundel das Verhörzimmer betraten, hatte er den Eindruck, dass sie zwar unsicher waren, aber immer noch der Meinung waren, dass ihnen keiner etwas anhaben könnte. Sie wirkten undurchdringlich und verschlagen.

Grießinger klärte beide über ihre Rechte auf, schaltete das Tonband ein und begann sein Verhör:

»Guten Tag, Herr Vöhringer. Guten Tag, Herr Fundel. Ich möchte Sie zu den Vorgängen befragen, die sich am Samstag, dem 22. 09. 2007, so gegen 17:00 Uhr auf der Wacholderheide am Sternberg zugetragen haben. – Bitte überlegen Sie Ihre Antworten gut und versuchen Sie so präzise wie möglich die Abläufe zu schildern. Wer möchte denn zuerst anfangen?«
Grießinger sah dabei von einem zum anderen und tat bewusst gelangweilt.
Vöhringer und Fundel hatten die Arme vor ihrer Brust verschränkt und schwiegen beharrlich.
»Wissen Sie, wir haben von Ihrem Kumpel Schmälzle sowieso ein Geständnis. Sie müssen mir auch gar nichts sagen.«
»Der Schmälzle, so ein Schisser. Hat er wieder sein dummes Maul nicht halten können. Ich hab gleich gesagt, dass der besser bei seinem Weib geblieben wär.«
Vöhringers Gesicht war wutverzerrt. Grießinger zeigte keine Regung. Er klopfte mit seinem Bleistift auf den Tisch und vermied es, einen der beiden anzusehen. Vöhringer schnaufte und Fundel begann nervös mit dem Fuß zu wippen.
»Der Schmälzle hat ausgesagt, ihr beide hättet den Lamparter verschlagen!«
Grießinger wartete, welche Wirkung diese Behauptung zeigen würde. Plötzlich schlug Vöhringer mit seiner Faust auf den Tisch und beugte sich zu Grießinger vor. Der Beamte an der Tür sprang vor und drückte Vöhringer wieder auf seinen Stuhl. Der schüttelte die Hand von seiner Schulter ab und verschränkte wieder beide Arme vor seiner Brust.
»Der Schmälzle hat gar nichts gesehen. Der hat aus dem letzten Loch gepfiffen und ist weiter unten zurückgeblieben. Wir, der Fundel und ich, haben den Lamparter bloß festgehalten. Wir haben dem sonst gar nichts getan.«
»Dafür sah er aber ganz schön ramponiert aus, dafür dass ihr ihm gar nichts getan habt. Meine Herren, es geht hier um gemeinschaftliche Körperverletzung mit Todesfolge, wenn

nicht sogar um Totschlag oder Mord, nicht um eine eurer Bierzeltschlägereien beim Bockbierfest.«
Grießingers Stimme hatte einen ironischen Tonfall.
»Der Hauser war's, der hat ihn verschlagen, der Hauser.« Fundels Stimme überschlug sich fast bei diesen Worten. Er wirkte aufgebracht und fast hysterisch.
»Wir sind keine Mörder, nie und nimmer sind wir Mörder. Der Schäfer hat gelebt, als wir abgehauen sind. Der Hauser hat ihn geschlagen, wir nicht.«
»Halt dein dummes Maul, Fundel. Wir sagen gar nichts mehr. Der Inspektor blufft, der weiß gar nichts.«
Vöhringer stieß Fundel mit dem Ellbogen in die Seite und sah mit drohendem Blick zu ihm hinüber.
»Ich kann Ihre Wut schon verstehen, Vöhringer, wenn der Schäfer ein nettes Schäferstündchen mit Ihrer Frau hatte.«
Grießinger gab sich wieder betont gelangweilt und gab dabei dem Polizisten an der Tür ein Zeichen.
Vöhringers Reaktion ließ nicht auf sich warten. Er sprang auf und wollte sich auf Grießinger stürzen, aber der Polizist hatte ihm schon den Arm auf den Rücken gedreht und Grießinger hörte das beruhigende Klicken der Handschellen. Er hatte sein Ziel erreicht.
»Verdient hat er es, der Sauschäfer. Der hat schon lange eine Abreibung verdient. Jeden einzelnen Schlag hat er verdient.« Vöhringer presste die Worte voll Hass heraus.
»Sie sind ihm dann auch an den Hals, oder?«
»Erwürgen hätt ich ihn können, diesen räudigen Hund, diesen Sauschäfer.«
»Aber der hat noch gelebt, als wir abgehauen sind. Ehrlich, wir haben den nicht totgeschlagen, der hat gestöhnt und sich bewegt.« Fundel war in sich zusammengesackt und heulte. Flehend sah er Grießinger an. »Sie müssen uns glauben.«
»Ich muss gar nichts glauben. Der Schäfer war tot, als wir ihn gefunden haben, und irgendeiner von euch vier hat ihm

seinen Schäferstecken in den Bauch gerammt. – Führen Sie diese zwei Herren ab, Herr Kollege, und bringen Sie mir den Hauser.«
Grießinger lehnte sich zufrieden zurück. Er war weiter gekommen, als er erwartet hatte. Jetzt war Hauser fällig. Erneut meldete sich sein Bauch. Wieder ignorierte er das Grummeln. Er wollte diesen Fall abschließen. Dann konnte er endlich in Ruhe vespern, musste keine exotischen Gerüche mehr in seinem Büro ertragen und konnte dieser Frau Lämmle beweisen, dass er auch ohne eine Profilerin diesen Fall lösen konnte. Kriminalhauptkommissar Grießinger war richtig zufrieden mit sich.
Hauser wurde hereingeführt und wirkte vollkommen entspannt. Er ließ sich in den Stuhl gegenüber von Grießinger fallen, lehnte sich zurück und faltete die Hände vor dem Bauch.
»So, Herr Inspektor. Wir können das Ganze auch abkürzen. Sie werden mir jetzt gleich erzählen, dass meine Kollegen alles gestanden haben und ich sowieso keine Chance hätte, aus der Sache herauszukommen, oder?«
Hauser grinste ihn an und für einen Moment war Grießinger irritiert. Was führte Hauser im Schilde?
»Ich hab den Lamparter verprügelt, das stimmt, aber ich hab ihn nicht umgebracht. Vielleicht hätte ich es ja getan, wenn dieser Scheiß-Köter nicht dazwischengekommen wäre. Aber dem Vieh hab ich ordentlich eine verpasst.«
Grießinger kamen die Aussagen Hausers deutlich zu schnell. Es hörte sich alles gut einstudiert an, deshalb versuchte er Hauser zu überraschen und zu verunsichern:
»Was war das eigentlich mit den Drohbriefen? Haben Sie die geschrieben, Hauser?« Grießinger zeigte ihm den in einer Schutzhülle verpackten Brief. Für einen Moment war Hauser verunsichert. Er wusste nicht, dass zwischenzeitlich eine Hausdurchsuchung bei ihm stattgefunden hatte. Er senkte den Blick und Grießinger spürte, wie es in Hauser

arbeitete. Nach einem kurzen Moment blickte Hauser wieder den Kommissar an, der sofort wusste, dass seine Frage die gewünschte Wirkung verfehlt hatte.
»Das war doch nur Blödsinn, ich wollt die Leut' halt ein bisschen erschrecken. Aber deswegen hab ich den Schäfer doch nicht umgebracht.«
»Und was ist mit der blutverschmierten Kleidung, die wir bei Ihnen im Stall gefunden haben?«
Wieder schien Hauser für einen kurzen Moment irritiert. Dann lachte er plötzlich auf, ein zynisches Lachen.
»Das war von der alten Sau, die hab ich metzgern müssen. Das blöde Vieh hatte sich einen Haxen gebrochen.«
Grießinger nahm die Aussage Hausers ohne Gemütsregung hin. Er spürte, dass irgendetwas schief lief. Hauser hatte Oberwasser und grinste ihn frech an.
»Fragen Sie doch mal den Schäfer Voigt, was er am Sternberg beim Schäfer wollte. Als wir abgehauen sind, kam er uns entgegen mit seinem Pick-up.«
Jetzt war Grießinger fassungslos. Grantig gab er dem Polizisten ein Zeichen, dass er Hauser abführen sollte. Im Hinausgehen drehte sich dieser um und grinste Grießinger höhnisch an:
»Den Schäfer müssen Sie fragen, Herr Inspektor. Sie haben die Falschen verhaftet. Fragen Sie den Voigt.«
Grießinger hatte verspielt. Er hatte auf die Bauern gesetzt und den Schäfer übersehen.

17

Das Geomantie-Seminar war zu Ende und deshalb glich das Gästehaus schon früh am Morgen des Abreisetages einem Bienenstock. Überall geschäftiges Treiben, Taschen und Koffer wurden aus den Zimmern gebracht, ein Teil deckte bereits den Frühstückstisch und andere Seminarteilnehmer begannen von oben herunterzufegen, da das Haus besenrein hinterlassen werden musste. Emilie stand mitten in dem Chaos, wurde alles Mögliche und Unmögliche gefragt und gab Informationen, wo sich weitere Besen oder der Staubsauger gerade im Haus befanden. Der Trubel half ihr etwas über den Abschiedsschmerz, den sie bei manchen Gruppen und Menschen empfand, die für ein paar Tage im Gästehaus waren. Die Geomantie-Gruppe hatte sie besonders ins Herz geschlossen, da während der vielen Seminare in ihrem Haus viele gute und schöne Gespräche stattgefunden hatten und manche persönliche Beziehung entstanden war.
Etwas war bei diesem Abschied allerdings anders als bei den letzten Kurseinheiten: Der erste Teil der Geomantie-Ausbildung war zu Ende und die Gruppe würde in dieser Zusammensetzung nicht mehr ins Gästehaus kommen. Schon den ganzen Morgen fiel Emilie auf, dass Anne ihr aus dem Weg ging. Ihre Blicke streiften sich immer nur kurz, und Emilie meinte, ein unsicheres Flackern in ihren Augen zu sehen. Aber vielleicht war es bei Anne ja auch der Abschiedsschmerz.
Emilie wollte gerade in den oberen Stock gehen, da kam Anne die Treppe herunter und direkt auf sie zu.
»Emilie, hast du mir vielleicht einen großen Müllsack? Ich habe einige Klamotten mit Baumharz vollgeschmiert und möchte die Sachen in den Müll werfen.«
Emilie holte einen blauen Müllsack aus der Küche und bat sie noch, die Kleidung in den Restmülleimer zu werfen. Anne bedankte sich und sah Emilie dabei an. Jetzt war Emilie sich sicher. In Annes Blick waren Unsicherheit, Angst

und Trauer zu erahnen. Emilie fühlte, wie kraftlos und leer Anne war. Was war nur mit ihr geschehen?
Sie nahm Anne bei den Händen, drückte sie und lächelte sie an:
»Anne, ich spüre und ich sehe, wie es dir geht. Mein Angebot steht noch immer: Ich teile gerne deine Sorgen und deine Nöte mit dir.«
»Danke«, flüsterte Anne und senkte ihren Blick. Emilie schlang die Arme um den zerbrechlich wirkenden Körper der fast 60-jährigen Frau und drückte sie an sich.
»Ich wünsche dir eine gute Reise, Anne. Wir werden uns wiedersehen, ich weiß es. Ich schicke dir Kraft und denke an dich.«
Kaum hatte sie Anne losgelassen, wurde sie schon wieder von allen Seiten Organisatorisches gefragt. Es blieb keine Zeit, um über diese kurze, intensive Begegnung nachzudenken. Emilie wusste, dass Anne einen langen, schweren inneren Weg vor sich hatte, aber sie wusste auch, dass Anne diesen Weg allein gehen musste. Irgendetwas war während des Seminars mit Anne geschehen, was ihr Leben grundlegend verändern würde. Emilie spürte, es war kein Neuanfang, den diese wunderbare Frau vor sich hatte, sondern sie war am Ende ihres bisherigen Weges angelangt. Von jetzt an musste sie allein weitergehen. Emilie war traurig und versuchte deshalb, sich auf die anderen Menschen um sich herum zu konzentrieren.
Am letzten Tag jedes Seminarblocks war es zur Tradition geworden, dass Emilie am Frühstück teilnahm. Meist herrschte dann eine aufgekratzte Stimmung. Alle freuten sich auf zu Hause und waren doch traurig, die anderen Seminarteilnehmer für längere Zeit nicht zu sehen.
An diesem Morgen herrschte Schweigen im Frühstücksraum. Der Abschiedsschmerz überwog bei allen und Emilie hatte keinen Appetit.
Nach der offiziellen Verabschiedung durch die Seminarlei-

ter folgte das große Umarmen und Drücken. Manche Träne floss und allmählich leerte sich das Haus. Emilie hatte Anne nicht mehr gesehen. Vermutlich war sie im allgemeinen Trubel einfach losgefahren. Sie hatte fast 800 Kilometer mit ihrem alten Volvo vor sich.
Um 14:00 Uhr hatte Kriminalhauptkommissar Grießinger einen Besprechungstermin festgesetzt und Emilie musste sich beeilen, um es noch pünktlich zu schaffen. Sie war ziemlich gespannt, was es Neues gab. Vermutlich hatte er die Hauser-Buben in die Mangel genommen und sie konnte sich lebhaft vorstellen, wie er ihr seinen Sieg präsentierte. Für Grießinger wäre es ein Sieg von konventionellen Ermittlungsmethoden über neue Entwicklungen, die eigentlich schon lange bei der Ermittlungsarbeit Standard waren. Emilie sah nach wie vor Hauser und seine Kumpel nicht als die Mörder des Schäfers. Neue Beweise oder auch nur Anhaltspunkte konnte sie jedoch auch nicht vorlegen. »Immerhin trifft es keine ganz Unschuldigen. Sie haben ja schließlich den Schäfer verprügelt«, versuchte Emilie ihr Gewissen zu beruhigen, als sie nach Reutlingen hinunterfuhr.
Am meisten verunsicherte Emilie, dass sie bei den bisherigen Verdächtigen kein ausreichendes Motiv für einen Mord sah.
Die Begegnung mit Anne ging ihr ebenfalls nicht aus dem Kopf. Emilie versuchte den Seminarverlauf zu rekonstruieren und es fiel ihr auf, dass Anne sich erst nach der Exkursion mit der gesamten Gruppe verändert hatte. Am Mittwoch letzter Woche und auch noch am Donnerstagabend war sie in seltsam aufgekratzter, fast nervöser und überdrehter Stimmung. Am Freitag, als Emilie abends allein fort war, hatten die seltsamen Symptome begonnen, und am Sonntag waren sie bereits wieder abgeklungen, dafür wirkte Anne seltsam matt und erschöpft. Emilie musste noch heute Abend versuchen, einen der Seminarleiter anzurufen, und

nachfragen, wer den Sternberg als Exkursionsgelände vorgeschlagen hatte. Aber was sollte Anne am Sternberg erlebt haben? Hatte sie vielleicht den toten Schäfer gesehen und stand danach unter Schock? Das hätte Anne mit Sicherheit erzählt. Außerdem konnte sich Emilie nicht vorstellen, dass Anne, eine gelernte Altenpflegerin, vom Anblick eines Toten schockiert sein könnte.

Emilie klopfte kurz nach 14:00 Uhr an die Tür von Grießingers Dienstzimmer und machte sich innerlich bereits auf eine spitze Bemerkung von Grießinger gefasst.

»Herein!«

Emilie öffnete mit Schwung die Tür. »Einen wunderschönen guten Tag, meine Herren!«

Bereits beim Schließen der Tür wusste sie, dass ihre Begrüßung vollkommen deplaziert war. Grießinger, Baisch, Haible und Fritz Lichtner saßen mit betretenen Gesichtern um den Schreibtisch des Kriminalhauptkommissars herum und schwiegen. Einzig Grießinger klopfte wie immer mit seinem Bleistift auf den Tisch. Lichtner lächelte Emilie an.

»Störe ich, soll ich wieder gehen?« Emilie hatte keine Lust auf die miese Stimmung in diesem Raum und wandte sich bereits wieder um, als Grießinger reagierte:

»Wenn Sie schon mal hier sind, können Sie auch bleiben.«

»Oh wie gnädig, werter Herr Kriminalhauptkommissar.«

Lichtner funkelte Emilie an und schüttelte leicht den Kopf, was wohl bedeuten sollte, dass sie sofort aufhören sollte.

»Der Hauser und seine Kollegen waren es nicht!« Grießinger räusperte sich. »Beim Hinausgehen hat er was vom Schäfer Voigt gefaselt. Ich solle beim Schäfer nachschauen. Angeblich ist ihnen der Schäfer entgegengekommen, als sie vom Sternberg abgehauen sind.«

Nun verstand Emilie die schlechte Stimmung und setzte sich auf einen freien Stuhl.

»Welchen Grund hatte Voigt, zu Lamparter auf den Sternberg zu fahren?«

Jetzt zückte Kommissar Georg Baisch wieder seinen Notizblock, schlug mit Schwung die Seiten nach hinten, bis er die gesuchte Stelle gefunden hatte:
»Der Rudolf Lamparter hat Weideflächen auf dem ehemaligen Truppenübungsplatz ersteigert, die eigentlich der Valentin Voigt gebraucht hätte. Jeder hat gewusst, dass der Voigt dringend mehr Flächen braucht. Nur der Lamparter hatte mitgesteigert. Verstanden hat es keiner, was der Lamparter mit der Weide wollte. Noch im Versteigerungssaal hat der Voigt dem Lamparter gedroht. Mehrere Zeugen haben gesehen, dass der Valentin Voigt ziemlich aufgebracht war, und gehört, dass Voigt zu Lamparter gesagt hatte: ›Am Sternberg gibt es genug Sandlöcher, wo schon so manch einer verschwunden ist!‹ Mehr habe ich noch nicht herausbekommen, Frau Lämmle. Aber ich denke, das müsste ausreichen für ein Motiv, oder?«
Emilie Berta Lämmle sah ihn mit zweifelndem Blick an: »Na, ich weiß nicht. Bringt man wegen einer Schafweide wirklich einen anderen Menschen um?«
»Wissen Sie, Frau Lämmle, bei den Schafweiden geht es um richtig viel Geld und die großen, zusammenhängenden Flächen auf dem ehemaligen Truppenübungsplatz sind sehr begehrt. Die Schäfer haben weniger Aufwand mit dem Transport der Schafe auf frische Weiden und sie bekommen noch ein ordentliches Geld für die Landschaftspflege der Flächen.« Grießinger klopfte bei seiner Erklärung ungeduldig mit dem Bleistift auf den Schreibtisch.
»Herrschaften, vielleicht sollten wir dem Schäfer Voigt einen Besuch abstatten oder – noch besser – ihn vorladen. Ich glaube, der sollte uns einiges erklären. Ich hatte schon beim ersten Besuch, als ich einen Schäfer für die herrenlosen Schafe am Sternberg suchte, ein seltsames Gefühl. Mir schien, als ob er schon wusste, dass der Lamparter tot ist.«
Grießinger wandte sich an Haible und wies ihn an, den Schäfer Voigt auf morgen Vormittag einzubestellen.

»Was machen wir mit Hauser und seinen Kollegen, Herr Kollege Grießinger? Wir haben keinerlei Beweise für einen Mord. Das Blut an der Kleidung von Hauser war tatsächlich Schweineblut. Der Veterinär bestätigte die Notschlachtung. Die Fußspuren im Blut waren keinem der Herrschaften zuzuordnen. Einzig die Kratzspuren konnten wir nachweisen. Die DNA unter den Fingernägeln des Schäfers Lamparter stimmte mit der DNA von Vöhringer und Fundel überein. Am Schäferstecken konnten wir keine übereinstimmenden Fingerabdrücke nachweisen. Ich glaube, für Totschlag oder Mord reicht das nicht aus, Herr Kollege. Ach ja, da waren noch die Drohbriefe. Die stammen tatsächlich aus Hausers ›Klebewerkstatt‹.« Lichtner sah den Kriminalhauptkommissar fragend an.
Grießinger zuckte mit den Schultern, »Lasset se springa«, bruddelte er vor sich hin. Ihm war die Situation sichtlich unangenehm, und seine Unzufriedenheit ließ er jeden in seiner Umgebung spüren. Eigentlich sollte es heute ein Tag des Triumphes für ihn werden und jetzt so was. Er konnte sich nicht erinnern, dass er sich jemals so verrannt hatte.

18

Emilie sah auf die Uhr in ihrem Auto. Es war erst kurz vor 15:00 Uhr. Sie ärgerte sich über die Besprechung bei Grießinger. Den seltsamen Termin hätte sie sich auch sparen können. Sollte er doch jetzt den anderen Schäfer in die Mangel nehmen. Sie glaubte immer noch nicht an eine verlorene Schafweide als Mordmotiv. Gleichzeitig aber war Emilie auch ratlos. Wo sollte sie weitere Anhaltspunkte für ein Täterprofil finden?
Sie musste ihrer Intuition und ihrer Fähigkeit, positive und negative Kraftorte zu fühlen, vertrauen. Seit Tagen wollte sie deshalb an den Sternberg zurückkehren und selbst erleben, was die Geomanten dort erfahren hatten. Da die Besprechung deutlich kürzer gedauert hatte, bog Emilie in Offenhausen direkt nach dem ehemaligen Kloster ab und fuhr hinauf zum landwirtschaftlichen Schaufeld und von dort weiter zum Parkplatz im Braikestal. Beim Aussteigen wunderte sie sich, dass bei den bisherigen Ermittlungen von diesem Parkplatz am Sternberg niemand gesprochen hatte. Der Weg zu den Sandgruben war von hier aus deutlich kürzer als vom Schafhaus und führte über weite Strecken durch den Wald. Wochentags, außerhalb der Ferien, waren hier nur wenige Wanderer und Familien unterwegs. Emilie fiel ein, dass sie auch den Geomanten diesen offiziellen Parkplatz genannt und auf dem Weg dorthin empfohlen hatte, an der Lauterquelle einen Zwischenstopp einzulegen.
Mit zügigen Schritten wanderte Emilie los und atmete dabei tief die Herbstluft ein. Zu viele Gedanken, die ihre Wahrnehmungen der Erdkräfte stören würden, kreisten in ihrem Kopf. Theo machte sich manchmal über ihre »besonderen« Fähigkeiten und Sinneswahrnehmungen lustig, war aber andererseits durchaus überzeugt, mit einer Hexe und Heilerin verheiratet zu sein. Emilie spürte Theos Unsicherheit im Umgang mit ihren Kräften und Fähigkeiten. Manchmal konnte sie sich selbst nicht erklären, was in ihr vorging und

warum sie Menschen viel intensiver wahrnahm als andere Menschen in ihrer Umgebung.
Ganz besondere Kräfte hatte Emilie in ihren Händen. Oftmals reichte es, wenn sie einem kranken Menschen die Hand auf den Bauch, die Brust oder den Rücken legte, und nach kurzer Zeit spürte der erkrankte Mensch die intensive Wärme und Energie, die von Emilie ausging und Wohlbefinden erzeugte. In Verbindung mit Kräutermischungen, Wickeln und Tees konnte sie Erstaunliches bewirken. Ein bisschen stand sie vielleicht auch in der Tradition der Frauen, die es auf der Alb nur noch vereinzelt gibt, den Gesundsprecherinnen, die mit Gebeten und wenn nötig auch geheimnisvollen Sprüchen die Menschen von verschiedenen Leiden befreien konnten. Emilie selbst legte immer größten Wert darauf, nicht als Heilerin bezeichnet zu werden.
»Ich aktiviere in den Menschen nur die Kräfte zur Selbstheilung«, protestierte sie regelmäßig, wenn in ihrer Gegenwart von ihren Heilkräften gesprochen wurde.
Eine andere Fähigkeit war die Kraft, die Strahlungen und Schwingungen der Erde zu spüren. Dabei konnte sie zwischen negativen Schwingungen, positiver Energie und Störungen unterscheiden. Manchmal versuchte sie durch das Setzen besonderer Steine oder das Pflanzen von Bäumen die Erde dort zu heilen, wo sie besonders durch den Menschen verletzt wurde. Die meisten Menschen ignorierten die Kräfte der Mutter Erde, weil sie nicht messbar und physikalisch nachweisbar sind. Emilie aber spürte, wenn Menschen durch diese Kräfte aus dem Gleichgewicht geraten waren, weil sie beispielsweise auf einer kreuzenden Wasserader schliefen oder ihr Haus in einem magnetischen Störfeld stand.
Dass manche Menschen sie als Hexe bezeichneten, schmeichelte ihr durchaus. Emilie verstand unter einer Hexe allerdings nicht die moderne Variante ihrer Geschlechtsgenossinnen, die nackt durch die Walpurgisnacht tanzten, ihren

eigenen Glauben pflegten und nicht selten der Gothic-Szene angehörten. Emilie war eine Hexe im althergebrachten Sinne, die über ein Wissen und über Kräfte verfügte, die anderen Menschen verwehrt blieben. Wer Emilie auf der Straße begegnete oder bei einer Lesung ihrer Bücher erlebte, konnte an ihr, abgesehen von ihren roten Haaren, nicht vieles entdecken, das dem allgemeinen Hexenbild entsprach. Emilie konnte man in keine Schublade stecken. Eine Tatsache, die auch Kriminalhauptkommissar Grießinger immer wieder aufs Neue irritierte und verunsicherte.
Als Emilie die Sandgrube erreicht hatte, umkreiste sie den Tatort mit langsamen, bewussten Schritten. Dann stellte sie sich an den oberen Rand der Sandgrube, suchte mit ihren Füßen einen sicheren, festen Stand, streckte die Arme nach vorne aus und wandte die Handinnenflächen in Richtung Erdboden. Emilie schloss die Augen.
Nach ein paar Minuten ging sie hinunter in die Sandgrube, die noch immer mit rot-weißen Absperrbändern gesperrt war, und betrachtete sich den Steinkreis genauer. Sie hatte die Anordnung der Steine bisher nur gesehen, als der tote Schäfer noch darin saß und später dann auf den Fotos der Spurensicherung. Als sie jetzt jeden Stein einzeln betrachtete und fühlte, fiel ihr auf, dass vier Steine deutlich größer waren als die anderen. Diese vier Steine hatten eine besondere Kraft. In Gedanken versuchte Emilie eine Verbindung der vier Steine untereinander festzustellen. Unwillkürlich trat Emilie einen Schritt zurück. Sie war blass im Gesicht geworden und ihre Hände begannen zu zittern. Um sicher zu sein, suchte Emilie ein paar möglichst gerade Äste in der Umgebung der Sandgrube. Die Bewegung dabei tat ihr gut, aber sie war noch immer bleich, als sie begann, die vier Steine mit den geraden Ästen zu verbinden. Die Steine lagen sich jeweils direkt gegenüber, und so entstand aus den Ästen ein christliches Kreuz. Der längere Teil des Kreuzes war der Grubenwand zur Hangseite zugewandt. Wo sich die

Verbindungen der Steine kreuzten, befand sich ein großer Stein im Boden. Emilie überlegte kurz, ob es ein flacher Stein oder ein großer Gesteinsbrocken war, der tief in der Erde steckte und von dem nur ein kleiner Teil sichtbar war. In der Kreuzmitte spürte Emilie eine seltsame Kraft, die sie nicht einordnen konnte. Es waren weder positive noch negative Energien. Die Seele des Schäfers hatte den Ort längst verlassen und doch fühlte Emilie, dass noch etwas von diesem Schäfer hier sein musste, aber nicht mehr allein. Emilies Gesicht wurde grau, sie spürte, wie sie am ganzen Körper schwitzte. Der Ort barg ein erschreckendes Geheimnis.

Zuerst begann Emilie den Kreuzmittelpunkt näher zu untersuchen. Sie tastete den Stein mit beiden Händen ab und versuchte seine Energie zu spüren. Es war kein Fels oder Gesteinsbrocken. Es musste sich um eine relativ flache Steinplatte handeln. Emilie grub vorsichtig rund um den Stein die Erde ein wenig ab und der Stein begann leicht zu wackeln. Jetzt versuchte sie mit ihren Fingern unter die Steinplatte zu gelangen und diese dann ein wenig anzuheben, was ihr erstaunlich mühelos gelang. Behutsam und langsam hob sie die Steinplatte weiter hoch und legte sie zur Seite.

Emilie wurde es schwindelig. Sie schloss für einen Moment die Augen und legte ihre Hand auf den Brustkorb. Sie atmete durch, öffnete die Augen wieder und betrachtete nun die Mulde unter der Steinplatte genauer.

»Bluadige Hennakepf, muss des jetzt sei?« Emilie fluchte leise vor sich hin, wohl mehr um sich Mut zuzusprechen als aus Verärgerung. Emilie konnte wie ein Kutscher fluchen, wenn ihr danach war. Meist aber meinte sie es nicht so, wie übrigens meistens die Schwaben, wenn sie richtig fluchten.

In der Mitte konnte Emilie einen leicht schimmernden, halbrunden Stein mit glatten Kanten sehen, daneben lagen mehrere kleine grau-braune Knochenstücke, die Emilie für Finger- oder Zehenknochen hielt. Bei den Knochenstücken lagen ein Fingerring und ein kleiner Wacholderzweig. Emilie zog ein Stofftaschentuch aus ihrer Tasche, breitete es aus und legte behutsam die Knochen, den Ring, den Wacholderzweig und den Stein, der ungewöhnlich schwer war, auf das Taschentuch. Der Ring war innen graviert. Emilie nahm ihn zwischen zwei Finger und versuchte die Buchstaben der Gravur zu entziffern. »In Liebe Rudolf 85« konnte sie mit einiger Anstrengung lesen. Sie legte den Ring zurück und knotete das Taschentuch zusammen.

Was hatten die Gegenstände in der Mulde zu bedeuten? Ein Rätsel, das vermutlich der Mörder hinterlassen hat? Oder handelte es sich um einen anonymen Hinweis auf den Mörder? Vielleicht hatte der oder die Mörderin ein schlechtes Gewissen nach der Tat, aber nicht den Mut sich zu stellen. Aber warum der Wacholderzweig und warum skelettierte Knochen?

Emilie legte die Steinplatte wieder sorgfältig über die Mulde und bedeckte die Ränder mit Sand und Erde. Die Äste, mit denen sie das Kreuz gelegt hatte, brachte sie an den Waldrand und warf sie weg.

Sie musste weg von diesem Ort. Die letzte Stunde hatte Emilie viel Kraft gekostet und die Sandgrube am Sternberg wurde ihr immer unheimlicher. Hatten sie es eigentlich mit zwei Leichen zu tun? Woher stammten die Finger- oder Zehenknochen? Und welche Beziehung stellte der Ring her? Der Schäfer Lamparter hieß Rudolf, wurde aber meist nur Rudi genannt. Hatte diese Namensgleichheit irgendeine Bedeutung? Wie bei dem Toten hatte sich in der kleinen Mulde ein Wacholderzweig befunden. In Emilies Kopf drehte sich alles und sie hatte große Sehnsucht nach einem heißen Bad mit Rosenduft.

Unterwegs nach Bremelau fiel Emilie ein, dass sie noch Milch und Joghurt in der Hofmolkerei holen und Brötchen für die neuen Hausgäste im Lädle bestellen musste. Bremelau hatte tatsächlich noch einen richtigen Tante-Emma-

Laden und der Mann der Ladeninhaberin war der örtliche Postbote. Somit erfuhr man im Lädle alles, was so im Ort passierte, und Emilie genoss hin und wieder ein kleines Schwätzle, um informiert zu sein. Heute war es ihr eigentlich nicht danach, aber vielleicht wusste Frau Scheuffele ja etwas aus der Vergangenheit des ermordeten Schäfers, was Emilie weiterhelfen konnte. Wenn es etwas Interessantes von dem Schäfer zu erzählen gab, musste es Frau Scheuffele oder ihr Mann wissen.
Frau Scheuffele war übrigens kein Tratschweib und erzählte ebenso wenig Schlechtes über irgendjemanden wie ihr Mann. Sie erfüllte die wichtige Funktion einer Dorfnachrichtenzentrale. Früher gab es mehrere solcher Nachrichtenzentralen. Eine befand sich im Dorfbackhaus, eine in der Dorfgefriere (einem Haus mit großen Vorratsgefriertruhen, die gemeinschaftlich genutzt und gepflegt wurden), eine bei der Mosterei und eine (oder mehrere) in der Dorfwirtschaft. Dort erfuhr man, wer gestorben war, wer demnächst heiraten wollte, wer krank war und allerlei andere für das enge Zusammenleben in einer Dorfgemeinschaft wichtige Dinge.
Als Emilie den Laden betrat, hellte sich das Gesicht von Frau Scheuffele merklich auf. »Grüß Gott, Frau Lämmle. Auch unterwegs? Womit kann ich Ihnen helfen?«
»Guten Tag, Frau Scheuffele«, lächelte Emilie zurück. »Ich brauch für Samstag 50 Wecken, 15 Lauga und 15 Brezla für meine Gäscht. Und wenn ich schon da bin, hätte ich noch eine Frage.«
»Fraget Se nur, Frau Lämmle, fraget se nur. Des koscht nix und vielleicht kann i Ihna ja helfa.«
»Also, Frau Scheuffele, kannten Sie den Schäfer Rudi Lamparter, der am Sternberg das alte Schafhaus hat?
»Freilich hab ich den alten Rudi kennt. Jetzt ist er ja tot, Gott hab ihn selig. Das hat er wirklich nicht verdient: ermordet mit dem eigenen Schäferstecken. Aber es ist ja schon komisch, dass Sie mich jetzt auch nach dem Rudi, Gott hab

ihn selig, fragen. Vor ein paar Tagen war hier eine Frau, die zu den Geologmanten gehörte, und hat mich am Backhäusle drüben auch nach dem Rudi, Gott hab ihn selig, gefragt.«
Emilie hörte gebannt und erstaunt zu: »Geomanten sind das gewesen. Aber was haben Sie der Frau erzählt, Frau Scheuffele. Was wollte sie denn wissen?«
»Ob der Rudi, Gott hab ihn selig, verheiratet war, wollt sie wissen. Aber der Rudi hat doch nie mehr eine Frau angeschaut, nachdem er seine große Liebe so unglücklich verloren hatte. Ein hübsches Mädchen soll es gewesen sein, wunderschöne Haare soll sie gehabt haben und eine fesche Figur, wurde gesagt. Ich selber hab sie ja nie gesehen, aber die Frau vom Förster in Gomadingen, die holt immer Wasser vom Sternbergbrünnele oben am Berg, die hat sie oft dort oben gesehen. Sie hat wohl Geologin oder Archäologin oder so was studiert. Ein ganz nettes Mädchen soll es gewesen sein. Und der Rudi und das Mädchen waren ein Paar. Ein richtiges Liebespaar, sagte die Frau vom Ortsvorsitzenden des Albvereins in Gomadingen, die oben im Sternberghaus am Wochenende die Bewirtung machte. Sie hat mir erzählt, sie hat die beiden gesehen auf der Wacholderheide, nebeneinander und wie sie sich geküsst haben. Jeder habe gedacht, jetzt heiratet der Rudi, Gott hab ihn selig, endlich. Weil: Leicht hat er es nie gehabt, der arme Bub. Sein Vater war ein arg böser Mensch, der mit niemand Freund war und immer Händel mit den Bauern gehabt hat und saumäßig mit seine Viecher umgegangen ist. Der Rudi, Gott hab ihn selig, war da ganz anders. Ganz fein und ein netter Kerl. Der hatte das Mädle echt verdient. Die wollten bestimmt heiraten. Und dann war sie plötzlich verschwunden. Ihre Eltern waren von Buttenhausen und studiert hat des Mädle in Tübingen. Die Eltern haben sie suchen lassen von der Polizei. Mit Hubschrauber und Hunden sind sie gekommen und haben entlang der Straße nach Buttenhausen gesucht. In Offenhausen hat der Wirt erzählt, dass er sie an der Straße ge-

sehen hat, an dem Tag, an dem sie verschwunden ist. Sie wollt wahrscheinlich per Anhalter nach Buttenhausen. Aber ob des stimmt, was der Wirt erzählt? Es weiß doch jeder, dass der gern mit seine Gäst feiert. Aber andere Leut haben auch gemeldet, dass sie das Mädle gesehen haben. Gefunden haben sie die junge Frau nie. Der Rudi, Gott hab ihn selig, hat seitdem nie mehr ein Mädle angeschaut. Ganz allein hat er gelebt, als seine Mutter auch gestorben ist. Der Vater ist schon seit 10 Jahr tot. Um den war's net schad. Aber der Rudi, Gott hab ihn selig, der hat, seitdem des Mädle weg war, nicht mehr gelacht, war nie mehr in einer Wirtschaft, außer zur Pachtversteigerung. Die Mutter von dem Mädle hab ich ja nicht gekannt, die war ja aus Buttenhausen, eine Evangelische, hab ich gehört. Aber es hat geheißen, sie ist mit ihrem Mann bald fortgezogen, irgendwo weit weg. Wahrscheinlich, so mein ich, hat sie es hier nicht mehr ausgehalten nach dem Verschwinden von ihrem Mädle. Also wenn Sie mich fragen, Frau Lämmle, ich glaub ja, des arme Kind ist von so einem Stuttgarter mit seinem dicken Daimler verschleppt worden, und was der wohl alles mit ihr gemacht hat, da darf man gar nicht dran denken. Mein Fritz sagt immer, wenn so was im Fernsehen kommt, dass man diese Perversen alle erschießen sollt. Das Gefängnis ist viel zu schad für die, sagt mein Fritz. Und wer weiß, Frau Lämmle, wo er des arme Kind verscharrt hat. Wahrscheinlich irgendwo im Wald.«
Frau Scheuffele hatte sich richtig in Rage geredet und rote Backen bekommen. Hinter Emilie hatte eine andere Frau aus dem Dorf den Laden betreten, die im Hintergrund den Aussagen von Frau Scheuffele zugestimmt hatte, indem sie den Kern der Aussage wiederholte und dabei heftig nickte. »Ja, recht hat er, erschießen alle«, »Ja, des arme Kind, bestimmt irgendwo im Wald, des arme Kind«, »Ja, der Rudi, der arme Rudi, Gott hab ihn selig, der arme Rudi«.
Emilie hatte das seltsame Gemurmel erst gar nicht wahrge-

nommen und fuhr erschrocken herum. Die ältere Frau hob abwehrend die Hände und meinte: »Seine Meinung wird man wohl noch sagen dürfen, oder.«
Emilie entschuldigte sich für ihre Reaktion und bedankte sich bei Frau Scheuffele für die ausführliche Schilderung. Eilig verließ sie den Laden.

19

Am nächsten Morgen hatte es Emilie besonders eilig. Sie musste unbedingt zu Lichtner und ihm ihrem Fund zeigen. Außerdem wollte sie noch kurz bei Grießinger vorbeischauen und nachfragen, was die Sache mit dem Schäfer Voigt macht, und dann musste sie noch dringend Käs einkaufen gehen. Am Wochenende wollte eine Gruppe schwäbisches Vesper und dazu gehörten auch ein richtig herzhafter Albkäs und seit einiger Zeit auch ein wunderbarer Albzarella. Tradition hin oder her, Emilie war der Meinung, dass sich auch ein schwäbisches Vesper von den Zutaten her weiterentwickeln durfte. Neben der geräuchten Schinkenwurst, der Schwarzwurst, dem Rauchfleisch, ein paar Landjägern und Peitschenstecken kaufte Emilie auch gerne eine herzhafte Ziegenwurst, etwas Lammschinken oder eben Mozzarella von Albbüffeln, der in der Hohensteiner Hofkäserei als Albzarella verkauft wird. Außerdem liebte Emilie die stattlichen Albbüffel, die sich durch nichts aus der Ruhe bringen ließen und Alphornklänge liebten.

Zum cremigen Stinker-Käs stellte Emilie immer ein hausgemachtes Gsälz dazu. Am besten passte ein fruchtiges Erdbeergsälz oder auch ein kräftiges Zwetschgengsälz. Bei den meisten Gästen sorgte die süße Beigabe anfangs für Irritationen. Vor allem das männliche Geschlecht, die richtig harten Jungs, verzogen das Gesicht beim Anblick der süßen Beigabe. »Wir brauchen was Recht's zum Vespern und kein Frühstück«, kam dann meistens von einem in der Runde, und die anderen stimmten lachend zu. Emilie grinste nur, schnitt sich eine Scheibe Bauernbrot herunter, bestrich diese mit dem Käse, der am deutlichsten zu riechen war, nahm einen Löffel und verteilte auf dem Käse großzügig die Marmelade.

Mit Genuss biss sie hinein und ließ dann einen der Männer probieren. Es dauerte meist nicht lange, da waren der Käse und das Gsälz leer und dafür manche Büchsenwurst noch nicht einmal geöffnet.

»Theo, ich muss los. Brauchst du noch was aus Reutlingen oder von der Hofkäserei?« Dabei steckte Emilie den Kopf zur Bürotür herein.
Theo arbeitete an den Skizzen für einen Werbeprospekt, sah kurz verständnislos hoch, sah Emilie und zeigte im nächsten Moment auf den Hund unter seinem Schreibtisch.
»Hund Gassi... viel Arbeit... und wann kommst du zurück?«, waren die einzigen Worte, die Emilie verstand. Sie lockte Laika von ihrem zwischenzeitlichen Lieblingsplatz hervor, angelte sich die Hundeleine vom Kleiderständer, packte ihren Universal-Ausgeh-Korb und beeilte sich, alles im Auto zu verstauen. Es war kurz nach 7:00 Uhr, als Emilie ins Lautertal hinunterfuhr. Sie beschloss am Wanderparkplatz hinter Buttenhausen anzuhalten und ein Stück mit Laika in der frischen Herbstluft spazieren zu gehen. Lichtner war nicht vor 8:30 Uhr im Büro und sie wusste noch aus früheren Zeiten, dass er erst nach der zweiten Tasse Kaffee genießbar und umgänglich war.
Emilie liebte den Herbst auf der Alb. Noch mehr liebte sie zwar den Sommer, wenn die Sonne schien und die Tage nicht zu Ende gehen wollten. Der Herbst war für Emilie die Zeit der berauschenden Farben in allen erdenklichen Rot- und Erdtönen, der geheimnisvollen Nebelgeister, der Stürme und Kartoffelfeuer. Emilie hatte sich einen dicken Schal um den Hals gewickelt, eine ausgewaschene, enge Jeans, einen Wollpulli, eine Windjacke und Wanderstiefel angezogen. Ihre hennafarbenen Haare bändigte sie mit einem Hut aus wärmendem Vliesstoff, mit schmaler Krempe, dessen Form allerdings weitestgehend undefinierbar geworden war.
Kurz nach 9:00 Uhr kam sie bei Lichtner in den heiligen Hallen der kriminaltechnischen Untersuchung an. Der Leiter der Spurensicherung saß noch mit einem Becher Kaffee an seinem Schreibtisch und las einen Bericht seiner Assistentin durch. Als Emilie mit ihren Wanderschuhen seinen

Schreibtisch erreichte und dabei den einen oder anderen Dreckklumpen über den klinisch reinen Boden verteilte, sah Lichtner kurz auf.

»Hinsetzen, Schuhe ausziehen, kurz warten.« Emilie zuckte mit den Schultern. Irgendwie wollten die Männer heute mit ihr nur in Steno reden und brachten keine vollständigen Sätze heraus.

Emilie blickte zurück zur Tür, von der aus sie den Raum betreten hatte, und musste lächeln, als sie die Dreckspur sah, die sie auf dem hellen Linoleum hinterlassen hatte. Vielleicht war es doch besser, die Schuhe auszuziehen, dachte sich Emilie, denn schließlich wollte sie ja noch etwas von Lichtner und es musste ihr gelingen, dass er damit nicht gleich zu Grießinger lief.

»Du, Fritz«, druckste Emilie herum.

Fritz Lichtner legte den Bericht zur Seite und blickte Emilie verwundert an. Diesen Tonfall und Satzbeginn hatte er lange nicht mehr von ihr gehört und er war gespannt, was sie von ihm wollte.

»Du, Fritz, ich hab da was gefunden. Könntest du dir das mal ansehen, ohne damit gleich zum Grießinger zu laufen? Ich hab das nämlich am Sternberg gefunden.«

Emilie legte das Taschentuch-Bündel auf Lichtners Schreibtisch, knotete es behutsam auf und schlug die Stoffenden auseinander. Lichtner pfiff etwas Luft durch die Zähne, griff einen Stift und bewegte fasziniert die Gegenstände auf dem Taschentuch.

»Wo hast du denn die netten Fingerknöchelchen her, liebste Emilie? Der Schäfer sah doch noch ziemlich vollständig aus, als wir ihn von dort abtransportiert haben?«

»Fritz, ich glaube, am Sternberg gibt es zwei Tote, aber ich habe noch nicht alle Puzzleteile zusammen. Kannst du mir anhand der Knochen sagen, wie alt die Person war?«

»Nicht sofort, aber ich könnte mich ja mal intensiver damit beschäftigen. Aber warum soll der Grießinger nichts davon

wissen, schließlich leitet er die Ermittlungen in dem Fall? Ich weiß nicht, ob ich das machen kann, Emilie.«
»Bitte, Fritz, tu mir den Gefallen. Den Grießinger informiere ich persönlich, wenn ich alles zusammen habe. Wenn ich jetzt wieder mit irgendwelchen Vermutungen komme, lacht der mich doch nur wieder aus. Der nimmt mich sowieso nicht ernst.«
Lichtner musste lächeln, denn Emilie war ernsthaft sauer auf den Kriminalhauptkommissar und hatte ganz rote Wangen bekommen, so regte sie sich auf.
»Jetzt nimmst du mich auch nicht ernst, oder was findest du so lächerlich an mir?« Emilie hatte sein Lächeln gesehen und vollkommen falsch verstanden. Sie bebte innerlich wegen dieser überheblichen Mannsbildern.
»Ich muss lächeln, weil du rote Wangen bekommen hast. Ein untrügliches Zeichen, dass dich irgendetwas innerlich erregt. Ich vermute, es war wegen Grießinger, oder hat dich etwa meine Gegenwart zum Erröten gebracht?«
Jetzt grinste Lichtner etwas verwegen und anzüglich. Er hatte immer noch nicht die Hoffnung auf ein kleines oder auch größeres Techtelmechtel mit Emilie aufgegeben.
»Du bist ein Oberseggel, Lichtner«, lächelte jetzt auch Emilie. »Hilfst du mir und bleibt das unter uns, bis ich es Grießinger selbst sage? Vielleicht könnten wir doch noch Pasta essen gehen, wenn dieser seltsame Fall endlich geklärt ist.« Emilie wusste sehr wohl ihre weiblichen Kräfte einzusetzen.
»Also, meine Liebste, die Knochen sind kein Problem. Da weiß ich schon morgen, wo die hingehören und wie alt der dazugehörige Mensch gewesen sein dürfte. Aber was soll ich mit dem Stein und dem Ring?« Dabei hob Lichtner den Ring mit dem Bleistift hoch und betrachtete ihn genauer. »Oh, der Ring spricht zu uns! In Liebe Rudolf 85. Liebste Emilie, willst du mir nicht erzählen, wo genau du den Ring gefunden hast?«
Emilie senkte den Blick schuldbewusst zu Boden.

»Ich bin über die Absperrung am Tatort geklettert und habe mir den Steinkreis genauer angesehen. Da bin ich auf eine kleine Steinplatte gestoßen, unter der sich eine Mulde befand. Dort habe ich die Sachen hier gefunden.«
Emilie verschwieg ihre eingehende Untersuchung der Erdkräfte, denn sie wusste, dass auch Lichtner nicht allzu viel davon hielt.
»Dann könnte mit Rudolf durchaus unser toter Schäfer gemeint sein?«
Lichtner war nun mehr als interessiert an den Funden und betrachte den Stein genauer. Hastig zog er sich Handschuhe an und nahm nun den Stein vorsichtig in seine Hand und besah ihn von allen Seiten.
»Ziemlich schwer für seine Größe. Ich würde auf Basaltgestein tippen. Was meinst du, Emilie?«
»Basaltgestein hätte ich auch getippt, aber warum lag ausgerechnet der Basalt in der Mulde? Meines Wissens findet man diesen Stein auf der Alb in zwei ehemaligen Steinbrüchen. Eine befindet sich am Eisenrüttel bei Rietheim und der andere am Sternberg auf der Offenhauser Seite am Weg zum Sternbergbrünnele.«
Lichtner hob bedauernd die Schulter.
»Das verrät der Stein leider nicht. Du solltest aber bedenken, Emilie, dass diese Mulde sich vielleicht schon lange dort befindet und es sich vielleicht auch nur um ein Kindergeheimnis handeln könnte.«
»Und die Fingerknochen? Haben Kinder vielleicht irgendwo ein Skelett gefunden und mit den Knochen gespielt?«
»Nun ja, die Knochen sind schon seltsam. Ich kann dir morgen früh sagen, was es damit auf sich hat. Grießinger halte ich erst mal raus, aber du versprichst mir, dass du ihm spätestens Ende nächster Woche von deinen Funden erzählst. Bis dahin solltest du dich mal in den alten Steinbrüchen umschauen, liebste Emilie. Vielleicht findest du dort eine Spur, die diese seltsame Mulde in der Sandgrube erklärt.«

»Genau das werde ich tun, lieber Fritz. Aber erst könnten wir doch noch zu unserem hochgeschätzten Kriminalhauptkommissar Grießinger hinüberschauen und nachfragen, was seine Schäfergeschichten machen. Schließlich befindet er sich ja bereits auf einer neuen heißen Spur.«

»Liebste Emilie, mit Verlaub, du bist eine Hexe! Der Grießinger liegt wahrscheinlich gar nicht so falsch, wie du denkst. Die Spuren des Geländewagens, die wir am Sternberg gefunden haben, decken sich tatsächlich mit den Reifenprofilen von Voigts Pick-up. Noch viel besser ist aber, dass er sich an einem Reifen die Profilstollen kaputtgefahren hat und wir somit die Spuren anhand des charakteristischen Abdrucks zweifelsfrei zuweisen konnten. Außerdem hatte der Voigt mit dem Lamparter eine gewaltige Rechnung offen. Der Kollege Grießinger hat mich gestern noch wegen der Reifenspuren angerufen und dabei ganz nebenbei erzählt, dass der Lamparter einer ziemlich großen Sache auf der Spur war. Dabei handelte es sich wohl nicht um irgendwelche Keltenfürstinnen, sondern um weitaus explosivere Sachen. Aber kommen Sie, meine Verehrte, ich geleite Sie hinüber zur Quelle und dem Kopf der Ermittlungen.«

Emilie verdrehte die Augen, musste dann aber doch lachen, nahm in die eine Hand ihre Wanderstiefel und hakte sich mit dem anderen Arm bei Lichtner unter. In Wollsocken spazierte sie an der Seite von Lichtner einmal quer durch die Polizeidienststelle, als ob dies das Normalste der Welt wäre, bis sie und Lichtner endlich Grießingers Büro erreichten.

Vor der Bürotür des Hauptkommissars zögerte Lichtner kurz.

»Ich glaube, die haben gerade Vesper. Vielleicht sollten wir noch auf einen Kaffee in die Kantine gehen, Emilie?«

Doch Emilie hatte bereits die Türklinke ergriffen, blitzte mit einem Blick nach hinten Fritz angriffslustig an, drückte die Klinke herunter und machte einen großen Ausfallschritt in den Raum hinein.

»Guten Morgen, meine Herren, ich wünsche gute Verrichtung und einen gesunden Appetit. Schmeckt's denn...«
Emilie riss erschrocken die Augen auf, als sie ihren Irrtum bemerkte. Vor ihr standen der Oberstaatsanwalt, der Leiter der Dienststelle sowie Meyer von der Rechtsmedizin und wandten sich gerade Richtung Tür, um den Raum zu verlassen. Emilie schaffte es gerade noch rechtzeitig mit ihren Wollsocken zu bremsen, um nicht dem Oberstaatsanwalt in den Armen zu liegen.
Grießinger gestikulierte wild hinter dem Rücken der hohen Herren und versuchte Emilie verständlich zu machen, dass sie nun besser still wäre, während Lichtner sich schnell im Gang wegdrehte, damit man nicht sehen konnte, wie er losprustete und sich schüttelte vor Lachen. Baisch und Haible studierten intensiv ihre Notizblöcke und versuchten, wie immer in peinlichen Situationen, möglichst nicht anwesend zu sein.
Emilie schaffte es tatsächlich rechtzeitig vor dem Oberstaatsanwalt zu stoppen, musste dabei allerdings so mit den Armen rudern, dass dieser erschrocken zurückwich, das Gleichgewicht verlor und versuchte, sich elegant beim Leiter der Dienststelle zu fangen. Dieser wiederum stand wie ein Fels in der Brandung und begann vor Wut mit seinen Nasenflügeln zu zittern und mit dem rechten Augenlid zu zucken.
Lichtner hatte sich zwischenzeitlich an die Wand neben der Bürotür gelehnt und hustete erbärmlich, weil er sich beim Lachen verschluckt hatte und vielleicht in den letzten Jahren die eine oder andere wunderbare Havanna zu viel geraucht hatte.
Emilie stand endlich still und war ziemlich bleich im Gesicht. Die gesamte Szenerie hatte sich in weniger als 10 Sekunden abgespielt und für nachhaltiges Chaos gesorgt. Sie rechnete im nächsten Moment mit einer fürchterlichen Standpauke für ihren Auftritt. Nichts dergleichen geschah.

Stille. Bis auf Lichtners Gehuste herrschte eine fast unheimliche Stille.
»Wissen Sie, Herr Oberstaatsanwalt, das ist Emilie Berta Lämmle im Original. Können Sie sich vorstellen, was ich hier Tag für Tag erleben und erleiden muss?«
Grießinger saß einigermaßen zufrieden in seinem Chefsessel, hatte einen leidenden Blick aufgesetzt und nutzte das Chaos schamlos aus, um die unerträglichen Arbeitsbedingungen mit dieser Furie anzuprangern.
»Wir sprechen uns noch, Herr Kriminalhauptkommissar Grießinger.« Der Oberstaatsanwalt machte einen kleinen Bogen um Emilie Berta Lämmle herum, betrachtete dabei missfällig ihre Wollstrümpfe, schüttelte ungläubig den Kopf und beeilte sich den Raum zu verlassen. Der Dienststellenleiter folgte dem Blick des Oberstaatsanwalts zu den rot-grün-blau gemusterten Wollsocken, begab sich dann ebenfalls zur Zimmertür, drehte sich aber beim Hinausgehen zu Emilie und meinte ebenfalls:
»Wir sprechen uns auch noch, Frau Lämmle. Aber bitte mit Schuhen!«
Meyer, der Rechtsmediziner, zog es vor zu schweigen, konnte sich aber ein lausbubenhaftes Grinsen nicht verkneifen, als er an Lichtner vorbeiging, der sich gerade die Lach- und Hustentränen aus seinen Augen wischte und tief Luft holte. Er sah sehr mitgenommen aus an diesem Morgen. Noch immer etwas außer Atem betrat er nun auch Grießingers Büro, setzte sich schleunigst auf einen der Besucherstühle und versuchte seinen Atem etwas zu beruhigen.
»Guten Morgen, Frau Lämmle. Wenn Sie kommen, ist einfach immer was los. Wirklich schön, wie lebendig Sie sind!« Grießingers spöttischer Unterton war nicht zu überhören, aber Emilie beschloss heute zu schweigen. Der richtige Zeitpunkt für eine Revanche würde kommen, da war sich Emilie ganz sicher.

»Was treibt Sie mit so viel Schwung zu mir, Frau Lämmle, oder hatten wir einen Termin vereinbart, der mir entgangen war?«
Grießinger konnte es nicht lassen, er genoss den peinlichen Auftritt Emilies in vollen Zügen und versuchte ihn nun zur Genusssteigerung noch etwas breitzutreten. Die schwäbische Seele konnte bisweilen abgrundtief grausam und gemein sein.
»Wir wollten uns über den neuesten Stand der Ermittlungen informieren, Kollege Grießinger. Aber sagen Sie mal, weshalb hatten Sie schon am frühen Morgen so hohen Besuch, und das auch noch während der ersten Vesperpause?«
Lichtner versuchte jetzt Emilie etwas aus der Schusslinie des Hauptkommissars zu nehmen.
»Um zehn vespern wir noch nicht, werter Kollege, da pflegen wir, wenn es unser harter Dienst erlaubt, hin und wieder ein zweites Frühstück einzunehmen. Man könnte auch sagen, ein Vorvesper zu verzehren. Die hohen Herren sind vorbeigekommen, weil sie das Gleiche wollten wie Sie: Mit ihrer Neugier unsere Arbeit stören. – Aber wenn Sie jetzt schon einmal da sind, Kollege Baisch, könntest du bitte die Herrschaften über den erfreulichen Stand der Ermittlungen informieren?«
Baisch blätterte mit ausholenden Bewegungen seinen Notizblock einige Male um, bis er die gewünschte Seite mit den Notizen fand, die er während der Lagebesprechung mit Grießinger gemacht hatte.
»So wie es aussieht, haben wir nun endlich den richtigen Täter ermittelt. Noch gestern haben wir ihn festgenommen und zur Sache vernommen. Am späten Abend hat er ein Teilgeständnis abgelegt und morgen ist um 11:00 Uhr eine Pressekonferenz geplant, auf der Kriminalhauptkommissar Grießinger, der Herr Oberstaatsanwalt und unser Chef den Erfolg mitteilen werden.«
Lichtner und Emilie sahen sich ungläubig an und wussten im ersten Moment nichts zu sagen. Ihnen war regelrecht die

Kinnlade heruntergeklappt und sie müssen in diesem Moment sehr unvorteilhaft ausgesehen haben. Grießinger hatte die Hände über seinem leichten Bauchansatz verschränkt, klopfte hin und wieder mit seinen Fingern und lächelte zufrieden, als sei ihm ein besonderer Coup gelungen.
Baisch wertete das allgemeine Schweigen als Zeichen, dass er fortfahren konnte, was er auch genüsslich tat.
»Dringend der Tat verdächtig ist der Schäfer Valentin Voigt. Wie bereits Kollege Lichtner bestätigte, stimmten die Reifenspuren am Sternberg zweifelsfrei mit denen des Pick-up des Verdächtigen überein. Wir haben Herrn Voigt mit dieser Spur konfrontiert, worauf er, nach etwas gutem Zureden, tatsächlich aber für uns nicht überraschend, ein Teilgeständnis ablegte. Noch gestern Abend haben wir Kleidungsstücke aus dem Haus des Schäfers Voigt geholt, um einen Fasernabgleich mit den am Opfer gefundenen Fasern zu erstellen. Wir gehen davon aus, dass wir Faserübereinstimmungen finden werden. Und dann werden wir sehen, was der Voigt dazu meint. – Der Kollege Haible hat übrigens einiges in Erfahrung gebracht, was dem Voigt mehr als ein Mordmotiv liefern könnte.«
»Bei der Hausdurchsuchung von Valentin Voigt haben wir erst mal nichts Verdächtiges gefunden. Wir waren schon fast fertig, da kam plötzlich Voigts Frau aus dem Haus gesprungen. Sie hielt einen kleineren Pappkarton weit von sich gestreckt und schrie: ›Nehmt des Klumpp hier endlich mit, wenn ihr schon alles auf den Kopf stellt.‹ Die Kollegen und ich waren natürlich etwas verwundert. Uns war bei der gesamten Durchsuchung ein solcher Karton nirgends aufgefallen. Vorsichtig öffneten wir die Abdeckung. Auf den ersten Blick fanden wir nichts als Verpackungsmaterial, Schafwolle und alte Zeitungen. Ich habe mich schon umgedreht und wollte die Frau zur Rede stellen, warum wir ihren Müll mitnehmen sollten, da schrie der Kollege hinter mir: ›Alle in Deckung! Sprengstoff und Munition!‹

Gesprungen sind wir wie die Hasen, da war richtig Alarm. Der Kollege, der die Kiste durchsucht hatte, war leichenblass, als er die Übungsgranate, die er in der Kiste gefunden hatte, ganz vorsichtig neben sich auf den Boden legte.
›Jetzt seid doch nicht solche Schisser, des Zeug geht schon nicht in die Luft. Des war schon ewig lang auf dem alten Schießplatz (ehemaliger Truppenübungsplatz) gelegen‹, hatte die Schäfersfrau grinsend gemeint.
Ich war schon ziemlich grantig, als ich diese Frau so dastehen sah. Persönlich habe ich dann mit aller Vorsicht in den Karton hineingeschaut. Da lag noch einiges an Munition und etliche Übungsgranaten drin. Das Zeug haben wir vom Sprengmittelbeseitigungsdienst abholen lassen. Ich glaube, die Munition war die gleiche wie die Patrone, die wir beim Schäfer Lamparter gefunden haben. Vergleichsbilder habe ich bereits angefordert. Also, ich sag's euch, das war alles nicht lustig, was da auf dem Hof von dem Voigt passiert ist.«
Haible wischte sich mit einem Taschentuch die Schweißtropfen von der Stirn. Er sah sehr mitgenommen aus.
»Ich habe mir dann gleich noch die Frau Voigt zur Seite genommen und sie eingehend zu der Munition befragt. Vor allem wollte ich wissen, wo das Zeug versteckt war im Haus. Da hat sie aber ums Verrecken nix dazu gesagt, sondern immerfort geantwortet: ›Im Haus ist nichts mehr, im Haus ist nichts mehr.‹ Was sollte ich tun, wir hatten ja gerade alles durchsucht. Nochmals wollte ich die Leute nicht ins Haus reinschicken.
Die Frau Voigt war ganz schön stur. Ich habe sie mehrmals gefragt, woher das Zeug genau ist und was sie damit anfangen wollte. Gesagt hat sie erst einmal gar nix dazu. Erst nach einiger Zeit, weil ich nicht lockergelassen habe, da hat sie endlich den Mund aufgemacht.
Im alten Schafstall am Sternberg sei der Rest. Dort habe ihr Mann alles hingefahren, nachdem das mit dem Lamparter war. Aber ein Mörder sei ihr Mann nicht und was er mit dem

Lamparter zu schaffen hatte, wisse sie auch nicht genau. Sie glaubt, wegen der Pacht habe es Streit gegeben. Sie habe zu ihrem Mann immer gesagt, sie wolle das Zeug nicht im Haus, aber der habe es gehütet wie einen Schatz. Ganz verrückt sei er gewesen wegen der Munition.
Ich habe sie dann auf heute Nachmittag um 16:00 Uhr herbestellt, damit sie eine Aussage machen kann. Ihren Mann sollten wir vorher befragen. Der Sprengmittelbeseitigungsdienst hat zwischenzeitlich etliche solcher Kisten aus dem alten Schafhaus abtransportiert. Außerdem hat die KTU dort einige Meter Kupferdraht gefunden, die vermutlich von den Oberleitungen der Schwäbischen Alb-Bahn stammen. Der Kupferdraht lässt sich hervorragend verkaufen, habe ich mir von den Kollegen sagen lassen. Aber wirklich spannend ist, dass der Voigt behauptet, er hätte das Zeug nicht geklaut, sondern nur gelagert. Spannend ist auch, warum der Lamparter ausgerechnet die gleiche Übungsmunition in der Hand hatte, wie sie bei Voigt gefunden wurde. Vielleicht wollte der Lamparter den Voigt wegen der Munition und dem Kupferdraht anzeigen. Vielleicht haben die beiden aber auch gemeinsame Sache gemacht und sich wegen irgendetwas zerstritten. Egal wie es war, die Menge Munition, die wir gefunden haben, hätte mit Sicherheit Abnehmer gefunden, und die hätten vermutlich mehr dafür bezahlt, als man für ein Schaf bekommt. Es gibt ja genügend Spinner, die kreuz und quer, abseits der Wege, über den ehemaligen Truppenübungsplatz gehen, ihr Leben dabei aufs Spiel setzen, nur damit sie irgendwelche Hinterlassenschaften vom Militär dort finden. Erst gestern habe ich wieder in der Zeitung gelesen, wie eindrucksvoll das war, als Hitler auf dem Truppenübungsplatz zu Besuch war. Auf drei großen Bildern hat man den Adolf gesehen. Auf der gleichen Seite war noch ein Bericht, wie der Oettinger auf dem ehemaligen Truppenübungsplatz wandern war. Der hat aber nur ein Bild gekriegt und der Artikel war auch deutlich kürzer.«

»Haible, bleib bitte bei der Sache. Das interessiert uns nicht, wer auf dem Truppenübungsplatz irgendwann herumgewandert ist«, unterbrach Grießinger ungeduldig seinen Kollegen. »So, meine Herrschaften, jetzt hat mein Kollege sie umfassend informiert. Wir müssen jetzt nochmals den Schäfer vernehmen und den Faserabgleich bekommen. Oder haben Sie noch irgendwelche Fragen, Frau Lämmle, oder vielleicht Sie, Kollege Lichtner?« Grießinger war sich seiner Sache sehr sicher.

Lichtner und Emilie sahen sich fragend an.

»Gratulation zu Ihrem Erfolg, Herr Grießinger. Da hatten Sie wohl den richtigen Riecher. Könnten Sie mich vielleicht kurz anrufen, sobald der Schäfer ein volles Geständnis abgelegt hat? Mich tät's interessieren, was das Motiv für die Tat war.« Emilie streckte Grießinger die Hand hin, der demonstrativ die Akte Lamparter zuklappte und die Hand ignorierte. So schnell konnte er dann doch nicht verzeihen, dass mit einem Handschlag alles erledigt wäre. Diese Ehrenkäsigkeit war Grießingers Schwäche, abgesehen von seinem Dienstfahrzeug und seinem Hang zu einem deftigen Vesper. Auch wenn er versuchte sachlich zu bleiben und emotionale Regungen aus seiner Ermittlungsarbeit herauszuhalten, passierte es ihm immer wieder, dass er nicht über seinen Schatten springen konnte, wenn ihn jemand herausgefordert hatte oder seine Vorgehensweise in Zweifel gezogen hatte.

Lichtner zog Emilie am Arm in Richtung Ausgang und verabschiedete sich beim Hinausgehen. Kaum war die Bürotür zu, riss Emilie sich los und sah Lichtner mit funkelnden Augen an.

»Hemmlarschondzwirn, du wirst mich nie wieder aus diesem Büro hinausziehen, und vor allem nicht, wenn ich diesem ehrenkäsigen schwäbischen Sturkopf meine Meinung sagen will. Weswegen sperrt der den Voigt eigentlich ein? Wegen der Munitionsfunde, weil er am Sternberg war oder warum?«

In diesem Moment kam ein Kollege von der Spurensicherung auf sie zu. In der Hand hatte er einen Bericht mit einem Klebstreifen, auf dem mehrere Textilfasern zu sehen waren. »Hallo, Herr Lichtner, gut, dass ich Sie treffe. Der Fasernabgleich ist fertig. Ich wollte den Bericht gerade zu Kriminalhauptkommissar Grießinger bringen. Die Fasern passen! Wir haben überall an der Oberkörperbekleidung des Opfers Fasern von dem Schäferpullover von Valentin Voigt gefunden. Erstaunlicherweise haben wir sogar Fasern in den Taschen von Lamparter gefunden, die von Voigt stammen müssen.«

»Super Arbeit, Kollege.« Lichtner wandte sich wieder Emilie zu: »Siehst du, Emilie, vielleicht hat sich der Grießinger gar nicht getäuscht. Ich denke, der Schäfer wird bei diesen Beweisen ein Geständnis ablegen.«

Lichtner legte tröstend einen Arm um Emilie, die ihn abschüttelte und trotzig auf ihren Wollsocken davonstapfte.

Emilie zog gerade ihre Wanderstiefel an, als Lichtner sein Büro erreichte.

»Machst du mir trotzdem die Knochenuntersuchung, Fritz? Ich denke nicht, dass es der Schäfer war. Irgendetwas passt immer noch nicht zusammen. Die Fingerknochen, der Ring, ich fühle es einfach, dass am Sternberg noch mehr als ein Mord wegen einer Pacht oder irgendwelcher Übungsmunition dahintersteckt.«

»Du bist ja fast so stur wie der Grießinger, Emilie. Es wurden doch schon Leute wegen viel weniger umgebracht. Wenn das mit der Munition stimmt, dann sind Grießinger und seine Kollegen vielleicht auf eine richtig große Sache gestoßen. Es weiß doch jeder, dass auf dem Platz endlos Munition herumliegt, und irgendwelche Wahnsinnigen können mit Sicherheit etwas damit anfangen.«

»Untersuchst du jetzt die Knochen oder nicht?«

»Keine Sorge, ich mache mich jetzt gleich dran, allein schon aus persönlichem Interesse. Ich bin gespannt, was uns die

Fingerknochen erzählen können. Noch besser wäre natürlich, wir hätten einen Beckenknochen oder Oberschenkelknochen. Dann könnten wir exakter feststellen, ob die Knochen zu einer Frau oder einem Mann gehörten und das Alter ließe sich besser eingrenzen. Ich versuche mein Bestes, Emilie, und werde mich spätestens morgen früh bei dir melden.«
Emilies Ärger war wieder etwas verflogen und sie gab Lichtner einen dicken Kuss auf die Backe.
»Herzlichen Dank, mein Held!«, verabschiedete sich Emilie und beschloss nach Hause zu fahren. Laika hatte lange genug im Auto gewartet und sie hatte genug von diesem unerfreulichen Tag, der eigentlich so gut begonnen hatte.
Emilie wählte meistens den Weg durchs Lautertal, wenn sie von Reutlingen aus nach Hause fuhr. Sie liebte die Kurven im Tal, die Wacholderheiden an den Talhängen, die schroffen Felsnadeln und romantischen Burgruinen. In Offenhausen verlangsamte sie ihre Fahrt. Die ehemalige Basaltgrube ging Emilie nicht aus dem Kopf. Was hatten die Geomanten von diesem Ort erzählt? Wenn sie sich richtig erinnerte, spürten einige Seminarteilnehmer dort eine starke negative Kraft.
Es war lange her, dass Emilie in die Grube hinuntergegangen war. Vielleicht sollte sie sich die alte Basaltgrube genauer ansehen. Es musste irgendeinen Grund geben, dass sich der Basaltstein in der Mulde am Tatort befand. Außerdem musste der Hund noch Gassi gehen. Sie fuhr also hinauf zum Parkplatz im Braikestal und ging von dort direkt in Richtung Sternberghaus.
Unterwegs begegnete ihr niemand. Es war ein wunderbarer Herbstnachmittag, an dem die Sonne hin und wieder eine Lücke zwischen den regenschweren Wolken fand. Emilie liebte diese Stimmung kurz vor einem Sturm oder einem starken Regen. Man konnte den Regen bereits riechen.
Vom Sternberghaus waren es nur ein paar Meter auf einem schmalen Pfad hangabwärts, bis man rechter Hand die

trichterförmige, kalte Grube erreichte. Emilie schauderte, als sie, gefolgt von Laika, vorsichtig hinunterstieg. In der Mitte der Grube versuchte Emilie mit nach unten gerichteten Handflächen die Energie und Kraft an diesem Ort zu spüren. Emilie nahm ebenfalls die negative Kraft wahr, die in der Grube war, aber irgendetwas anderes befand sich noch an diesem Platz, was ihre Wahrnehmung störte. Sie spürte ihr Herz klopfen und einen Druck auf ihrem Brustkorb. Emilie fröstelte es.

Laika schnüffelte intensiv am Boden der Grube. Sie hatte Probleme, sich über die wackligen Basaltsteine zu bewegen, die den Boden bedeckten. Laika begann zu winseln und versuchte mit ihrer Pfote Steine wegzuschieben. Emilie sah dem Hund aufmerksam zu. Der Hund tastete sich ein Stück weiter über die Steine und begann dann wieder zu winseln. Emilie streichelte dem Hund über den Kopf. »Was hast du nur gefunden, brave Laika?«

Sie kniete sich zu dem Hund hinunter und begann an der Stelle, wo Laika immer wieder schnupperte, die Steine vorsichtig beiseite zu legen. Die Hündin wurde immer unruhiger. Emilie arbeitete konzentriert weiter. Laika bellte.

Emilie wurde kreidebleich im Gesicht. Zwischen den Steinen wurden Kleidungsreste und Knochen sichtbar. Emilie war sich sicher, ein menschliches Skelett gefunden zu haben. Wie in Trance legte sie die Steine wieder zurück und bedeckte die menschlichen Überreste sorgfältig.

Emilie begann zu verstehen. Tränen liefen ihr über die Wangen, sie zitterte am ganzen Leib. Emilie wusste, was sie nun tun musste. Alles in ihr sträubte sich. Manchmal konnte die Wahrheit unerträglich sein.

Auf dem Weg vom Sternberghaus zum Parkplatz im Braikestal wurde Emilie immer schneller. Irgendwann rannte sie und Laika sprang laut bellend um sie herum. Für den Hund war es ein Spiel. Emilie musste rennen, um den Wahnsinn auszuhalten.

Sie musste sich jetzt beeilen. Eine große Reise stand ihr bevor.
»Theo, Theeeeooo. War die Müllabfuhr schon da?« Emilie parkte mit quietschenden Reifen im Hof, stürzte zur Haustür herein und platzte dann bei Theo ins Büro. Dieser telefonierte gerade und schrie erschrocken auf, als Emilie plötzlich vor ihm stand und lauthals seltsame Fragen rief.
»Nein, entschuldigen Sie bitte, ich habe nicht Sie angeschrien. Ich bin erschrocken. Einen Moment bitte, ich bin sofort wieder am Apparat.« Theo atmete tief durch. »Emilie, schau gefälligst selber nach den Mülltonnen! In der Regel sagen mir die Müllmänner nicht Bescheid, wenn sie unsere Tonnen leeren möchten und was sie mit dem Müll vorhaben!«
Theo drehte sich demonstrativ um und setzte sein Telefonat konzentriert fort.
»Du Seggel, was weißt du eigentlich?«
Emilie drehte ab, rannte hinaus zur Mülltonne, hob den Deckel und freute sich so sehr wie noch nie über einen vollen Mülleimer. Aus der Garage holte sie ihre rosa Gartengummistiefel, ein Paar alte Arbeitshandschuhe und eine Harke. Dann zog sie mit einiger Kraftanstrengung die Mülltonne in den Hof, kippte den Eimer mit Schwung um, sodass ein Teil des Mülls sich über den Hof verteilte, und begann mit der Harke in der Tonne zu stochern. Der Lärm, den Emilie verursachte, hatte auch Theo an sein Bürofenster gelockt. Als er begriff, was er mit seinen eigenen Augen sah, riss er das Fenster auf, hielt sich dann sofort ein Stofftaschentuch vor die Nase und schüttelte mit traurigem Blick den Kopf.
»Emilie, muss ich mir Sorgen machen? Geht es dir wirklich gut? Du bist ja fürchterlich blass um die Nase. Soll ich vielleicht deine Mutter anrufen? Emiiiilie, was tust du da?« Die letzten Worte klangen dann doch etwas hysterisch, weil genau in diesem Moment Emilie einen blauen Müllsack herausfischte. Mit geschlossenen Augen lehnte sie sich an die Garagenwand.

In dem Müllsack zeichneten sich Kleider und Schuhe ab. Theo kam aus dem Haus gerannt, das Taschentuch noch immer vor Mund und Nase, versuchte dem Müll im Hof irgendwie auszuweichen, und erreichte gerade noch Emilies rettende Schulter und die dahinterliegende Garagenwand, bevor er vollends das Gleichgewicht zu verlieren und mitten in den verstreuten Müll zu fallen drohte.
Emilie blickte starr auf den Müllbeutel.

»Was, um Gottes willen, machst du, Emilie. Warum suchst du alte Kleidungsstücke in der Mülltonne?«
»Theo, ich muss morgen früh nach Krautsand!«
»Wo willst du hin? Emilie, geht es dir wirklich gut?«
»Was willst du in Krautland?«
»Krautsand, Theo, die Elbinsel, zwischen Hamburg und Cuxhaven.«
»Emilie, ich verbiete dir in diesem Zustand irgendwohin zu fahren. Ich werde einen Arzt holen und deine Mutter anrufen. Du wirst morgen ganz bestimmt nicht nach Krautburg fahren.«
»Theo, ich muss. Glaube mir, es geht nicht anders. Am besten wäre es, wenn ich noch heute Nacht fahren könnte.« Emilie wirkte abwesend, fast apathisch, als sie den Rechen nahm und begann, den Müll wieder in die Tonne zu befördern.
Es war kurz vor 4 Uhr und noch stockdunkel, als Emilie mit einer großen Thermoskanne Tee, einem halben Albkäs, einem halben Laib Bauernbrot vom Demeterhof und einer großen Tafel Schokolade losfuhr. Theo hatte schließlich seinen Protest aufgegeben und pflichtbewusst das Auto überprüft und reisefertig gemacht. Emilie musste rund 800 km fahren, um die Wahrheit zu verstehen.

20 »Baisch, bring mir den Schäfer Voigt zum Verhör. Haible, sag dem Polizeipräsidenten Bescheid, dass die Pressekonferenz ausfällt.« Grießinger war bereits kurz nach Dienstbeginn ziemlich schlecht gelaunt und erheblich laut. Haible und Baisch sahen sich wieder einmal fragend an, hoben die Schultern und gaben sich nichtsahnend. Sie wussten noch nicht, dass der Schäfer bis gestern spätabends von Grießinger verhört worden war und bis heute morgen die Tat vehement geleugnet hatte.

Grießinger wurde fast wahnsinnig. Er war sich seiner Sache sehr sicher. Der Fasernabgleich war positiv, Motive gab es genug, der Tatverdächtige war um die Tatzeit herum am Sternberg, es hatten sich Zeugen gefunden, die bestätigten, dass sich Voigt und Lamparter nach der Pachtversteigerung heftig gestritten hatten, die Munitionsfunde im Schafstall und dann noch die Patrone in Lamparters Hand. Und trotzdem stritt der Schäfer Voigt den Mord immer noch ab. Mit der Munition habe er nichts zu tun gehabt. Das Zeug von seinem Hof wollte er abgeben, seine Frau hatte ihre Aussage widerrufen. Also auch damit konnte er ihn nicht kriegen. Fingerabdrücke von Valentin Voigt waren keine zu finden. Weder an der Munition im Schafstall noch am Tatort. Es war wie verhext bei diesem Fall. Schon zum zweiten Mal schien alles klar zu sein und wieder erlebte Grießinger eine Entwicklung, wie er sie nie, auch nach über 30 Jahren nicht, voraussehen konnte.

»Herr Kriminalhauptkommissar Grießinger, was ist denn jetzt schon wieder los?« Grießinger verdrehte die Augen. Der Polizeipräsident war soeben in sein Büro gerauscht und hatte sich, mit beiden Händen auf seinen Schreibtisch gestützt, vor ihm aufgebaut.

»Herr Polizeipräsident, ich kann's leider nicht machen. Wir haben kein Geständnis und wir haben nicht genügend Indizien, um sicher sagen zu können, dass der Voigt der Mörder

ist. Das wäre Rufmord, wenn wir zum jetzigen Zeitpunkt an die Presse gingen. Gleich habe ich noch ein weiteres Verhör, aber ich glaube nicht an ein Geständnis. Der sture Hund sagt immer nur, dass er niemanden ermordet hat, und als er gegangen sei, habe der Schäfer noch gelebt.«
»Herr Kriminalhauptkommissar Grießinger, die Presse wird uns zerreißen, wenn wir nicht endlich Ergebnisse haben. Hier läuft ein Mörder frei herum und die Menschen haben Angst. Am Sternberg ist jetzt seit fast zwei Wochen kaum mehr einer im Wanderheim gewesen. Wir brauchen einen Täter und eine Pressekonferenz. Der Präsident des Schwäbischen Wandervereins, dem diese Gipfelhülle gehört, hat mich bereits extra aus Stuttgart angerufen und sich beschwert. Haben wir uns da verstanden, Herr Kriminalhauptkommissar. Ich erwarte bis zum Wochenende Ergebnisse und Fakten. Habe ich mich nun deutlich genug ausgedrückt?«
Grießinger war etwas überrascht über den Ausbruch seines Chefs. Bisher hatte er viele Freiheiten genossen und konnte seiner Ermittlungsarbeit in der ihm eigenen Geruhsamkeit und Korrektheit nachgehen. Nur einmal, als ein Wahnsinniger die Nudelfabrik AlbGlück erpresste und vergiftete Nudeln in den Supermärkten der Region auftauchten, hatte sein Chef die Nerven verloren. Der damalige, lang gediente und einflussreiche Landrat höchstpersönlich hatte sich nachdrücklich zum Stand der Ermittlungen erkundigt und damit hektische Wellen in der Polizeidienststelle ausgelöst. Umso mehr war Grießinger vom Auftreten seines Chefs überrascht und eigentlich auch etwas missmutig über den unverhältnismäßigen Ton und die fast schon unverschämte Lautstärke. Grießinger war zwar grundsätzlich ein pflichtbewusster und dienstbeflissener Beamter der alten Schule, die sich ihres Standes innerhalb der Dienststellen-Hierarchie durchaus bewusst war, aber er war eben auch ein Älbler aus Upflamör. Seine Herkunft war vermutlich für seine

bisweilen hervorblitzende anarchistische Haltung gegenüber der Obrigkeit, gegenüber in seinen Augen unsinnigen Vorschriften und eben auch gegenüber einem Vorgesetzten, der ihn anschrie und unter Druck setzte, verantwortlich.

»Jawohl, Herr Polizeipräsident, ich habe Sie deutlich genug verstanden, schließlich haben Sie ja laut genug gesprochen. Und jetzt sind Sie bitte so freundlich und lassen mich den Täter überführen und weiterarbeiten. Danke schön.«

Grießinger hatte sich provozierend langsam aus seinem Schreibtischsessel erhoben und nun ebenfalls die Hände auf den Tisch gestützt. Er lächelte den Polizeipräsidenten an, wobei nicht eindeutig zu erkennen war, wie Grießinger dieses Lächeln meinte.

Der Polizeipräsident schnaufte hörbar, richtete sich dann auf, nahm eine betont aufrechte Haltung ein und verließ den Raum grußlos und mit zackigem Schritt. Fast hätte er dabei Haible und Baisch umgerannt, die im selben Moment zurück ins Büro kamen.

»Uiuiui, was ist denn mit dem los? Hast du ihm von deinem sauren Most gegeben?« Haible grinste schief und setzte sich hinter seinen Schreibtisch.

»Der Schäfer Voigt kommt in einer Viertelstunde zum Verhör, Chef.«

Baisch ging ebenfalls zu seinem Arbeitsplatz und für einen kurzen Moment herrschte ratloses Schweigen. Grießinger ließ sich langsam in seinen Stuhl sinken, atmete tief ein, lehnte sich in seinem Stuhl zurück und faltete dann seine Hände vor dem Bauch.

»Herrschaften, wir bestellen jetzt den Voigt wieder ab, der hat auch noch später Zeit, und genehmigen uns erst einmal ein ausgiebiges und habhaftes Vesper!«

Als Baisch »Vesper« hörte, griff er sofort zum Telefonhörer und stoppte die Polizeibeamten, die Voigt ins Vernehmungszimmer bringen sollten. Dann sprang er auf, schnappte seine

Jacke und rief im Hinausrennen: »Hol noch geschwind frische Kimmicher beim Bäcker Burger.«
Grießinger schüttelte etwas verwundert den Kopf und der Haible meinte trocken: »Wenn's ums Essen geht, kann der springen wie ein junger Hund, aber im Dienst tun ihm immer sein Kreuz oder seine Knie weh und dann bin ich der Seggel. Weißt du noch, Chef, als der Selbstmörder vom Dach der Hochhausbaustelle springen wollte? Nicht einmal einen Aufzug hatten die und der Baisch hatte saumäßig Probleme mit den Bandscheiben?«
Bald saßen alle drei mehr oder weniger gemütlich, vielleicht auch etwas verzweifelt, aber auf jeden Fall mit großem Appetit, um das Rauchfleisch, die Schwarzwurst und die Büchsenwurst herum, bissen andächtig abwechselnd in ihre frisch gebackenen Kimmicher und die Wurst oder den Speck und tranken Grießingers räsen Most dazu, von dem Haible regelmäßig behauptete, er wäre so sauer, dass er die Löcher in seinen Socken zusammenziehe.
Ohne einen toten Schäfer, ohne die Lämmle und ohne den Polizeipräsidenten konnte die Welt so einfach und beschaulich sein.
Es wurde 14 Uhr, bis Grießinger den Schäfer zur Vernehmung kommen ließ. Haible und Baisch sollten ebenfalls an der Vernehmung teilnehmen. Vielleicht konnten sie den Schäfer zu dritt in die Enge treiben.
»So, Herr Voigt, haben Sie gut geschlafen und gut gegessen?«
Grießingers ironischer Unterton war nicht zu überhören.
»Es ist gegangen, es war schon recht.« Der Schäfer schien den Unterton nicht zu bemerken. Äußerlich machte er einen ruhigen, gefassten Eindruck, auch wenn die dunklen Augenringe deutlich belegten, dass die letzte Nacht wohl doch nicht so erholsam war.
»Ich muss zu meine Schaf, was wollen Sie noch von mir. Den Schäfer hab ich nicht umgebracht, ich schwör's, und

der alte Schafstall hat ja nicht mir gehört, sondern dem Lamparter.«
»Voigt, wenn Sie Ihre Schafe wiedersehen wollen, ist es besser, wenn sie mit uns zusammenarbeiten. Ich bekomme Sie immer dran, und sei es nur wegen unterlassener Hilfeleistung mit Todesfolge.«
Grießinger sah ein kurzes Zucken unterhalb des linken Auges im Gesicht des Schäfers und spürte, dass er ihn endlich fassen konnte. Die Schafe waren der Schlüssel zum Schäfer.
»Wie machen Sie das eigentlich jetzt mit den Winterlämmern? Schaffen das ihr Sohn und ihre Frau allein? Wenn Sie nichts sagen, sehe ich schwarz, dass es Ihnen noch bis zum Lammen reicht.«
»Ich war's doch nicht, Herr Kriminalhauptkommissar. Was soll ich denn erzählen?«
»Es könnte auch Frühjahr werden oder sogar Sommer, bis Sie wieder bei ihren Schafen sind, Voigt. Wegen unterlassener Hilfeleistung und dem Munitionszeug könnte der Richter schon ein Jahr ohne Bewährung geben. In Ihrer Akte steht außerdem, dass Sie früher kein Guter waren und manchem Bauernsohn eine blutige Nase verpasst haben?«
Der Schäfer wurde blass. Jetzt zuckte es heftig unter seinem linken Auge. Grießinger musste nachsetzen.
»Voigt, ich will ja auch, dass Sie wieder schnell bei ihren Schafen sind. Ich verstehe Sie, aber ein bissle müssen Sie mir helfen, damit ich ein gutes Wort für Sie einlegen kann.«
»Na ja, wir haben uns nicht besonders mögen, der Lamparter und ich, des ist schon richtig. Bis der eines Tages mit der Munition ankam. Wir haben uns getroffen beim Schäferlauf in Bad Urach. Da hat der mir erzählt, er kenne da jemanden, der kaufe ihm des Munitionszeug für gutes Geld ab. Mir Schäfer findet ja schon immer wieder was auf dem ehemaligen Truppenübungsplatz, aber nicht wirklich viel, des müssen Sie mir glauben, Herr Kriminalhauptkommissar.«

»Na, was wir in dem alten Schafstall gefunden haben, sah jetzt nicht unbedingt nach ein bissle wenig aus, sondern eher nach ein bissle viel.« Grießinger forderte Voigt auf weiterzuerzählen.
»Ich hab ihm gesagt, ich will nix mit dem Zeug zu tun haben und er soll mich damit in Ruhe lassen. Da hat der Lamparter bloß gelacht und gemeint, dass ich schon noch wollen werde. Ich hab dann nix mehr gehört von ihm bis zur Pachtversteigerung im ›Herrmann‹. Ich hab dringend mehr Flächen gebraucht und hab das mit den Kollegen abgesprochen, da steigert der Lamparter plötzlich wie ein Verrückter, der Seggel. Gar nichts hat es für mich gegeben. Da war ich schon saumäßig sauer. Ich hab ihn mir dann geschnappt und zur Rede gestellt.
›Willst immer noch nicht‹, hat er mich bloß gefragt. Mir war des aber zu heiß mit dem Zeugs. Jeden Monat steht bald in der Zeitung, dass sie wieder Munition sprengen, und überall springen die Trüp-Guides herum und die Bundesförster und Biologen sowie die Naturschützer. Dann hat der Lamparter gemeint, ich soll nächste Woch zum Sternberg kommen, dann schwätzet mir noch mal drüber. Wenn ich bloß nicht hin wär. Ich komm dort hoch, und dann liegt der Lamparter in der Grube, mehr tot als lebendig. Ich hab gerade noch gesehen, wie die Hauser-Buben mit ihre Fendt vorbeigeschossen sind. Wahrscheinlich hat mich der Seggel auch verpfiffen. Ich komm also da nauf, und erst hab ich ihn ja gar nicht gefunden, den Lamparter. Seine Schaf waren auf der vorderen Heid, vom Schafhaus aus gesehen. Und seine Hund sind dagelegen wie nicht abgelegt und nicht abgeholt. Dann bin ich also nüber auf die andere Heid, vielleicht ist ihm ja ein Schaf davon gesprungen? Sein Leithund war auch nicht da. Und da ist er gelegen, der Lamparter, und hat gestöhnt und gejammert. Ich hab ihn am Kragen gepackt und angeschrien, was des soll mit der Pacht, aber der hat nichts mehr gesagt.«

»Und die Fasern von Ihrem Pullover an der Kleidung und in den Taschen des Toten? Ich glaube, Sie verschweigen uns immer noch das Wichtigste, oder? Denken Sie dran, Voigt, bis nächsten Sommer ist es noch eine lange Zeit ohne ihre Schafe.«
Die Drohung Grießingers zeigte sofortige Wirkung. Der Schäfer sackte regelrecht in sich zusammen und erzählte mit leiser Stimme weiter.
»Ich hab den Scheiß-Pachtschein gesucht. Wenn der hat mit mir schwätza wollen, hab ich mir gedacht, dann hat er vielleicht auch den Schein dabei. Ich hätt dann halt eine Verzichterklärung in seinem Namen geschrieben und ein bisschen mit der Unterschrift nachgeholfen, der war ja eh so gut wie tot, der Seggel.«
»Sind Sie sich sicher, dass Sie nicht doch ein bisschen nachgeholfen haben, Voigt? Quasi aktive Sterbehilfe geleistet haben?«
»Nein, nein, gewiss nicht! Als ich gemerkt hab, dass der kaum noch schnauft, bin ich ganz schnell abgehauen. Ich hab Angst gehabt, wenn mich jemand sieht, dass jeder denkt, ich hätt den Schäfer ermordet. Ich bin so schnell, wie es ging, zu meinem Auto gerannt. Der Hund, der war ja auch halb tot, den haben die Buben bestimmt auch umgehauen.«
»Und Sie haben niemanden gesehen? Vermutlich waren Sie nämlich der Letzte, der den Lamparter lebend gesehen hat. Und wie können Sie sich die Patrone erklären, die wir in der Hand von Lamparter gefunden haben?«
»Vielleicht hat er Sie ja auf eine falsche Fährte locken wollen. Ich hab nichts mit dem Zeug zu tun!«
Grießinger spürte, wie Voigt trotzig wurde und wieder an Selbstsicherheit gewann. Er musste ihn nochmals aus dem Gleichgewicht bringen.
»Wir wissen, dass Sie keinesfalls so ahnungslos und untätig waren mit dem Zeug. Überall haben wir Ihre Fingerabdrü-

cke gefunden und außerdem wurden Sie gesehen, wie Sie Kisten ins Schafhaus gebracht haben.«
Grießinger blickte Haible und Baisch scharf an, damit sie still bleiben würden. Er musste die Ermittlungsergebnisse etwas aufpolieren, um den Schäfer aus der Reserve zu locken.
»Der Seggel, der Bronzmichl und Schäraschleifr. Mir hend ein gutes Geld mit dem Schießplatz verdient all die Jahr. Es ist immer wieder ein Kistle vom Lkw gfalla oder romgstanda. Und jetzt hat der Lamparter gmeint, er müsst mit Gewalt noch mehr verdienen. Der hat die Schnauze voll ghätt von seine Schaf. Aussteigen hat er wollen, auswandern und nix mehr schaffa, der Jenseitsbachel. Der hat den Hals net voll genug gekriegt. Aber tot hab ich ihn nicht gemacht, gewiss nicht. Der war schon fast tot, als ich dort war. Ehrlich.«
»Abführen. Bringt ihn zurück in seine Zelle!«
Grießinger war genervt, konnte den Schäfer nicht mehr ertragen. Er war ratlos. Alles schien sich im Kreis zu drehen. Immer wieder kam er an den gleichen Punkt zurück, immer wieder musste er sich eingestehen, dass er etwas übersehen hatte oder zu voreilig war.
»Und meine Schaf, was ist mit meine Schaf?« Der Schäfer versuchte sich den Beamten zu widersetzen, sodass Haible und Baisch mit eingreifen mussten.
»Sie haben gesagt, ich kann zu meine Schaf!« Der Schäfer schrie jetzt und Grießinger verbarg sein Gesicht in den Händen.
Es gab Momente, da hasste er seinen Job. Immer wieder die gleichen Lügengeschichten, immer wieder das gleiche Elend.
Grießinger war verzweifelt.

21

Es war fast 12 Uhr mittags, als Emilie in Drochtersen auf die Ferieninsel Krautsand abbog. Ihre Augen brannten und ihr Rücken schmerzte von den vielen Stunden Autobahnfahrt. Um nicht einzuschlafen hatte Emilie ihr Fenster geöffnet, hörte ziemlich laut Buena Vista Social Club, hüpfte dazu im Takt den Rhythmus auf ihrem Sitz, schnippte mit den Fingern einer Hand und bemerkte gar nicht, wie ihr die Passanten kopfschüttelnd nachblickten.

Die mit Bäumen bestandene Straße führte stur geradeaus bis zu einer fast rechtwinkligen Kurve, die Emilie vollkommen unterschätzte. Die quietschenden Reifen und das heftige Kurbeln am Lenkrad sorgten dafür, dass Emilie hellwach war, als sie die ersten Häuser von Krautsand erreichte. Sie suchte eine Möglichkeit, kurz anzuhalten, um sich die Wegskizze zu ihrem Ziel anzusehen. Das Haus, welches sie suchte, war weit hinter dem Deich und in einem einsam gelegenen ehemaligen Apfelhof, der sich zwischen dem großem Campingplatz mit Teich und dem Hof des Künstlers Jonas Kötz befand. Emilie hatte sich vor der Abreise noch ein wenig über die Elbinsel Krautsand im Internet informiert. Jonas Kötz, mit seinen wunderbar gezeichneten Figuren, kannte sie aus den Kinderbüchern, die auch ihre Kinder mit Begeisterung verschlungen hatten. Bei ihren Recherchen nach einer Übernachtungsmöglichkeit war Emilie auf eine Kirstin von Hackelberg gestoßen, die Ferienwohnungen am »Alten Hafen« mit Blick auf die Elbe vermietete. Emilie hatte beschlossen, aufgrund des außergewöhnlichen Namens und der Ferienwohnung mit Elbblick zuerst die Übernachtung am Ende des heutigen Tages zu klären. Ein Schild wies ihr den Weg zum alten Hafen und von dort waren es nur noch ein paar Meter Richtung Campingplatz, bis Emilie das Haus von Frau von Hackelberg erreichte. Als sie ihr Auto parkte, hörte sie bereits lautes Gebell, das von irgendwo hinter dem Haus kam.

Emilie ging an einem alten Anker vorbei durch den gepflegten Vorgarten zur Haustür. Sie hatte immer gedacht, die Schwaben seien besonders ordentlich und würden ihren Garten mit Leidenschaft pflegen. Doch ein schwäbischer Garten war nichts gegen die Vorgärten, die sie auf der Fahrt durch das »Alte Land« vorbei an Buxtehude und Stade gesehen hatte. Der Rasen in den Vorgärten hatte mindestens Golfplatzqualität. Die Sträucher waren akkurat geschnitten und in den meisten Gärten fand sich eine äußerst limitierte Auswahl an Zierpflanzen, deren einzige Aufgabe es war, die Nachbarn mit Form und Blüte zu beeindrucken.
Emilie war aufgefallen, dass bei Kirstin von Hackelberg der Vorgarten, abgesehen vom englischen Golfrasen, glücklicherweise nicht ganz so streng in Form gebracht worden war, und sie beschloss die Hausklingel zu betätigen.
Eine schlanke, große Frau in Jeans und einem T-Shirt öffnete die Tür und sah Emilie von oben bis unten an. Emilie hatte ihre Stiefel aus Albbüffelleder angezogen, trug dazu eine moosgrüne Wollstrumpfhose, einen orangefarbenen Minirock aus Wolle, eine langärmlige Bluse, darüber ein kurzärmliges T-Shirt und eine bequeme kurze naturfarbene Strickjacke. Ihre Haare hatte Emilie mit einem schmalen Tuch zurückgebunden und an den Handgelenken trug sie Pulswärmer.

»Guten Tag. Wer sind Sie denn? Hooorst, kommst du mal? Kennst du diese Frau hier?«
»Guten Tag. Frau von Hackelberg, nehme ich an? Ich bin Emilie Berta Lämmle und suche eine Ferienwohnung für ein bis zwei Nächte. Sie vermieten doch eine am Alten Hafen mit Elbblick?«
Zwischenzeitlich war Horst hinter Kirstin von Hackelberg aufgetaucht, musterte Emilie mit freundlichen Augen, schüttelte dann bedauernd den Kopf: »Nee du, die Frau kenn ich nich'!«

»Na, denn kommen Sie mal rein. Normalerweise vermiete ich ja nur mit vorheriger Anmeldung, aber sehen wir mal nach, was sich machen lässt.«
Frau von Hackelberg ging durch einen kleinen Vorraum weiter in die Küche und von dort zu einem Esstisch, der in einer Art Wintergarten stand.
»Sie sind aber nicht nur einfach so auf der Insel, um Urlaub zu machen? Ein bis zwei Nächte sind ziemlich kurz für eine Ferienwohnung. Was wollen Sie denn auf der Insel machen?«
Kirstin von Hackelberg blickte fragend durch ihre ovalen Brillengläser und gab sich keinerlei Mühe, ihre Neugierde zu vertuschen. Emilie war diese direkte Art sehr sympathisch. Sie sah sich im Zimmer um und blickte dann durch die großen Scheiben hinaus in den Garten, wo sie den Grund für das anhaltende Bellen erblickte. Vor dem Wintergarten-Esszimmer stand eine ganze Reihe von Hundezwingern. In der Mitte der Zwinger befand sich ein Holzschild, auf dem Emilie lesen konnte: »Deutsch Langhaar Zwinger vom Alten Hafen«.
Emilie beschloss, kurz über ihre Gründe für den Besuch auf der Insel zu erzählen.
»Ich gehe mal rasch an mein Auto und hole die Anfahrtsskizze zu dem gesuchten Anwesen. Es müsste hier ziemlich in der Nähe liegen.«
Emilie stand auf und kam kurze Zeit später mit der Skizze zurück, die sie sich angefertigt hatte.
»Dieses Haus suche ich. Es müsste irgendwo zwischen dem Campingplatz und dem Hof von Jonas Kötz liegen.«
Frau von Hackelberg sah sich die Skizze genau an, drehte sie um 180 Grad und klatschte sich dann mit der flachen Hand gegen die Stirn:
»Na, so was kann auch nur mir passieren. Das Anwesen kenne ich wohl, es ist der ehemalige Apfelhof meiner Eltern. Horst, sieh mal, das ist doch der ehemalige Hof?«

Nun besah sich auch Horst die Skizze.
»Jo, das muss dann mal so sein. Das ist dann wohl der ehemalige Apfelhof. Am einfachsten kommen Sie hin, wenn Sie in Richtung Jonas sein Hof fahren, dann kommen Sie fast an der Haustür des Apfelhofs vorbei.« Emilie bedankte sich für die Auskunft und fragte noch mal wegen der Ferienwohnung nach.
»Nun denn, dann kommen Sie mal mit, ich zeig Ihnen die Wohnung, und wenn Sie Ihnen gefällt, dann passt das schon.«
Kirstin von Hackelberg war bereits aufgestanden und in Richtung Tür unterwegs. Emilie folgte ihr eilig, stieg in ihr Auto ein und fuhr vorbei am alten Hafenbecken in eine Sackgasse, die direkt vor dem Deich endete. Am Ende der Straße parkte Emilie. Frau von Hackelberg parkte ihren Geländewagen direkt im Hof vor dem alten Kapitänshaus, das in mehrere Ferienwohnungen unterteilt war.
»Die obere Ferienwohnung ist für die nächsten fünf Nächte frei. Vielleicht ein bisschen groß für eine Person, aber sie hat den schönsten Elbblick auf der ganzen Insel.«
Emilie sah den kleinen, fast quadratischen Balkon, der sich über dem Hauseingang befand. Sie war auf den Ausblick von dort oben gespannt. Frau von Hackelberg ging voraus, öffnete die Haustür und stieg dann links eine steile Treppe ins Obergeschoss hinauf. Die Ferienwohnung war wie angekündigt viel zu groß für Emilie allein, aber sie hatte tatsächlich aus der Küche und vom Balkon den vermutlich schönsten Blick zur Elbe auf ganz Krautsand. Gerade als Emilie staunend dastand, zog ein riesiges Containerschiff mit der Aufschrift »Xing« vorbei. Es wirkte fast unwirklich, da als einziges Geräusch dieses Riesen ein fernes Brummen und Stampfen der Motoren zu hören war. Emilie bekam beim Anblick des Schiffs sofort ein bisschen Fernweh oder vielleicht war es auch Heimweh. Es wäre schön, wenn jetzt Theo und Laika bei ihr wären. Ihr fiel siedend heiß ein, dass

sie Theo versprochen hatte anzurufen, sobald sie Krautsand erreicht hatte.
Emilie setzte ihren Rundgang durch die Wohnung fort und entdeckte auf dem Wohnzimmertisch eine blaue Flasche Prosecco und Minitafeln Schokolade, die liebevoll vor einem Blumenstrauß angeordnet waren. Sie musste lächeln und drehte sich zu Frau von Hackelberg um.
»Die Wohnung ist wunderschön, die nehme ich. Wie lange weiß ich noch nicht, aber ich denke, mindestens für ein bis zwei Nächte.«
»Gut, dann wünsche ich Ihnen viel Spaß und Erfolg auf der Insel. Wenn Sie noch etwas brauchen oder Fragen haben: Ich bin drüben im Haus oder im Garten bei den Hunden.«
Kirstin von Hackelberg verließ die Ferienwohnung und fuhr einen Augenblick später wieder nach Hause.
Emilie holte sich aus dem Wohnzimmer eine Wolldecke und setzte sich mit einem Seufzer auf einen der Gartenstühle auf dem Balkon. Es war zwar schon ziemlich kühl auf der Insel, aber sie wollte unbedingt den wunderbaren Ausblick genießen und ein bisschen den Wind spüren. In die Decke eingewickelt, machte sie es sich bequem und wählte Theos Nummer. In kurzen Worten erzählte sie den Verlauf der Fahrt und von ihrer Unterkunft auf Krautsand. Bei Theo gab es nicht viel Neues, nur ein gewisser Fritz Lichtner hatte um einen dringenden Rückruf gebeten. Emilie spürte, wie sie allmählich von den Strapazen der langen Fahrt eingeholt wurde, und gähnte herzhaft. Sie verabschiedete sich von Theo, schaltete das Handy aus und legte sich in das riesige Doppelbett zum Schlafen. Mehr als eine Stunde später schreckte sie plötzlich orientierungslos aus dem Schlaf hoch. Das laute Geschrei der Krähen, die sich in den Pappeln am Elbstrand niedergelassen hatten, hatte sie aufgeweckt.
»Mist, ich muss unbedingt Lichtner anrufen. Wie spät ist es eigentlich«, waren ihre ersten Gedanken. Sie setzte sich auf die Bettkannte und massierte sich ihre Schläfen. Nach lan-

gen Autofahrten fühlte sie sich immer wie gerädert. Sie beschloss zu duschen und dann erst mal einkaufen zu gehen, denn der Hunger meldete sich mit lautem Magenknurren.
In Drochtersen fand Emilie einen Supermarkt und eine Bäckerei, kaufte für die nächsten zwei Tage Lebensmittel ein und stieß einen kleinen Freudenschrei aus, als sie das reichhaltige Lakritze-Sortiment in den Regalen sah. Sie naschte »Bärendreck« für ihr Leben gern. Ob gesalzen und stark oder mit Zuckerglasur überzogen oder zu Lakritz-Schnecken geformt, Emilie konnte nicht widerstehen und gönnte sich zehn verschiedene Sorten.
In der Bäckerei entdeckte sie Mohnschnitten und Zuckerkuchen. Sie ließ sich jeweils zwei Stück davon einpacken und beschloss spontan, anstatt zu kochen, sich einen Tee und etwas »Süßes« zu gönnen.
Wieder in der Ferienwohnung angekommen, ließ sich tatsächlich die Sonne zwischen den Wolken blicken und Emilie genoss einen heißen Tee und eine wunderbar saftige Mohnschnitte auf ihrem kleinen Balkon mit Elbblick. Sehnsüchtig sah sie den Segeljachten zu, die anmutig im Wind lagen und in Richtung Elbmündung unterwegs waren.
Wenn man den Schiffen auf der Elbe zusah, bekam man zwangsläufig Fernweh nach fernen Stränden, anderen Ländern und der hohen See. Besonders eindrucksvoll waren die Ozeanriesen, die zwar nicht mehr mit Segeln, sondern ganz neuzeitlich mit Containern bestückt waren, aber dennoch weckten sie in Emilie den Wunsch nach einer großen Seereise.
Emilie seufzte und rief endlich Lichtner zurück, der ihr aufgeregt berichtete, dass es sich bei Emilies Knochenfund tatsächlich um menschliche Fingerknochen handele. Emilie unterbrach ihn und erzählte mit müder, trauriger Stimme, wo er die anderen sterblichen Reste, zu denen die Fingerknochen gehörten, finden würde. Lichtner war vollkom-

men irritiert und fragte noch nicht einmal, wo Emilie sich befand und woher sie von den restlichen Knochen wusste. Emilie war darüber erleichtert, denn so musste sie Fritz Lichtner nicht schon wieder anlügen.

Sie hatte eigentlich keine Lust mehr, an den Grund ihres Inselbesuches zu denken, geschweige denn das Haus zu suchen. Jetzt ein paar Tage Urlaub, ausgedehnte Deichspaziergänge, gebratene Scholle mit Kartoffelsalat und Labskaus sowie Rollmops und Essiggurke oder einfach ein paar frische Krabben im Brötchen und einen heißen Tee…

Emilie seufzte und atmete tief durch.

22

Es war früher Nachmittag, als Emilie den alten Apfelhof erreichte. Sie hatte sich auf den schmalen, holprigen Wegen zwischen Viehweiden, Apfelplantagen und einsamen Aussiedlerhöfen fast verfahren und war einigermaßen erleichtert, als sie in die Hofeinfahrt einbog und auf das moderne Klinkerhaus zufuhr. Wie alle Häuser auf der Insel stand auch dieses erhöht auf einer Warft. Der neue Deich an der Elbe wurde erst nach der letzten großen Sturmflut gebaut. Damals waren einige Häuser trotz der teilweise hohen Warften regelrecht abgesoffen. Emilie stellte den Motor ab, stieg langsam aus dem Auto aus und sah sich um. Links von ihr stand ein hohes, lang gezogenes Wirtschaftsgebäude, das noch teilweise mit Reet gedeckt war und ein weit ausladendes Vordach hatte. Vermutlich waren dort einst die Apfelsortierung und die Lagerräume für die Äpfel untergebracht. Das Gebäude schien seit langer Zeit nicht mehr genutzt worden zu sein. An vielen Stellen waren Löcher im Reetdach sichtbar und der Putz blätterte von den Wänden ab. Eine alte Holztür schlug im Takt der Windböen gegen das Haus. Neben dem Haus wiegten große Weiden und Birken ihre Kronen im Wind. Emilie zog den Reißverschluss ihrer Windjacke noch weiter hoch und fröstelte. Der Wind, der auf Krautsand unablässig wehte, drang in jede Ritze ihrer Kleidung und zerzauste ihre Haare. Sie sah in ihrem Wagen nach, ob sie irgendwo ihre russische Fellmütze mit den warmen Ohrenklappen finden konnte. Dieser Ort wirkte einsam und kalt.

Das Wohnhaus auf dem Apfelhof stand in einem auffälligen Kontrast zum übrigen Hof. Es war eineinhalbstöckig, L-förmig gebaut und mit hellen Klinkersteinen verkleidet. Eine breite Treppe aus Steinplatten führte zur schweren Massivholz-Eingangstür. Ein stattliches Haus, das irgendwann in den letzten 30 Jahren anstelle des alten Wohnhauses neu errichtet worden war. Es spiegelte noch immer die

einstige Größe des Apfelhofes und den Stolz der ehemaligen Besitzer wider.
Am Vordach hing allerdings keine Blumenampel, sondern ein buntes Windspiel und im Vorgarten blühten schon lange keine Rosen mehr, sondern es befanden sich an der Hausecke eine Kräuterspirale und davor mehrere schöne Steine aus verschiedenen Gegenden Deutschlands. In deren Mitte stand ein Holunderbusch. Emilie musste lächeln, als sie das ungewöhnliche Arrangement betrachtete. Sie hatte Anne gefunden.
Emilie klingelte und es dauerte einige Zeit, bis sich die Tür, gesichert durch einen Sicherungskette, einen Spalt weit öffnete.
»Ja, bitte?« Fragende Augen blickten blinzelnd durch den schmalen Türspalt, als schienen sie sich erst an das helle Tageslicht gewöhnen zu müssen.
»Grüß dich, Anne. Ich bin es, Emilie aus dem Gästehaus in Bremelau. Darf ich hereinkommen?«
Die Tür wurde wortlos geschlossen und Emilie wollte schon energisch klopfen, als sie das Klirren der Sicherungskette hörte und die Tür nach innen geöffnet wurde.
Vor ihr stand Anne und Emilie war vollkommen irritiert bei ihrem Anblick. Die Frau vor ihr schien um viele Jahre gealtert zu sein. Ihre Augen blickten unendlich müde und traurig, die Lippen waren schmal geworden und die einst roten Wangen waren grau und eingefallen. Die Schultern hingen kraftlos herunter und sie musste viele Kilos abgenommen haben.
»Gut dass du da bist, Emilie. Ich habe gehofft, dass du kommst.«
Emilie nahm Anne vorsichtig in den Arm, so zerbrechlich erschien sie ihr.
Nach einer Weile löste sich Anne aus der Umarmung, drehte sich um und ging mit kleinen Schritten zur Tür, die gegenüber der Haustür lag und in den großen Wohnraum

führte. Das Zimmer war geschmackvoll mit alten Möbeln eingerichtet. Ein geschwungenes Biedermeiersofa mit gestreiftem Stoff, der an manchen Stellen bereits etwas abgenutzt schien, fiel Emilie besonders auf. Gegenüber dem Sofa stand ein großer, bordeauxroter Ohrensessel, auf dem eine warme Decke lag. Anne musste hier gesessen haben, als Emilie geklingelt hatte. Im Zimmer brannte kein Licht und Emilie nahm eine düstere, triste Stimmung in diesem Raum wahr. Anne setzte sich in den Sessel, in dem sie fast verschwand, und wickelte die Decke um sich. Im Raum war es nicht kalt, aber Anne schien zu frösteln. Emilie wählte den Platz auf dem Biedermeiersofa und sah Anne an.

Sie schwiegen ohne Verlegenheit.

»Die Ärzte sagen, ich habe nicht mehr lange zu leben. Der Krebs hat mich schon fast besiegt.«

In Annes Stimme war keinerlei Selbstmitleid, es klang vielmehr wie eine Erklärung für ihr Aussehen und ihre schwindenden Kräfte.

»Mein Mann hält es nicht aus, er kommt meistens erst sehr spät nach Hause. Er entschuldigt sich immer mit der vielen Arbeit, die sie gerade in der Firma hätten. Aber ich weiß, dass er mich nicht sterben sehen kann. Ich sehe es an der Angst in seinen Augen.«

Emilie wurde etwas ungeduldig und wollte auf den eigentlichen Grund ihres Besuches zu sprechen kommen.

»Anne, was ist am Sternberg passiert? Wir haben die sterblichen Überreste einer jungen Frau gefunden, es lag ein toter Schäfer inmitten eines Steinkreises in einer Sandgrube, deine Kleidung bei mir in der Mülltonne war blutverschmiert. Und du warst so seltsam bei dem letzten Seminar.«

Sie schwiegen erneut.

Emilie wurde unsicher, als sie die zerbrechliche, todkranke Frau vor sich sah. Sie versuchte sich die Anne vor ein paar Wochen ins Gedächtnis zu rufen. Immer wieder

tauchten Bilder und Eindrücke von Anne vor ihrem inneren Auge auf. Hatte diese Frau, die ihr gegenüber in dem Sessel saß, wirklich etwas mit dem Mord an dem Schäfer zu tun? Konnte dieser Mensch einen anderen Menschen töten?
Anne stand langsam auf, ging mit kleinen, vorsichtigen Schritten zu einem alten Schrank, öffnete dort eine Schublade und kehrte mit einem Bild zu Emilie zurück. Sie gab Emilie das Bild und setzte sich dann wieder in ihren Sessel. Dieses Mal wickelte sie sich noch fester in die Wolldecke ein, geradeso, als ob die Zimmertemperatur um mehrere Grad gefallen wäre.
»Das ist Evelyn«, begann Anne mit leiser, zittriger Stimme, »meine Tochter.« Das Foto wurde an ihrem 18. Geburtstag aufgenommen. Sie hatte sich so auf diesen Tag gefreut. Schau, wie glücklich sie strahlt.«
Emilie sah sie fragend an.
»Zwei Jahre später, sie war erst ein paar Tage zuvor 20 geworden, war sie plötzlich verschwunden. Einfach so. Von heute auf Morgen. Ich habe sie überall gesucht, tagelang bin ich durch die Wälder gestreift, immer in der Hoffnung, sie zu finden. Die Polizei hat mir gesagt, dass sie als Anhalterin unterwegs war. Verschiedene Zeugen hätten sie gesehen. Evelyn war so lebensfroh und liebenswert. Schon als kleines Kind war sie ein Sonnenschein, der alle Menschen in ihrer Umgebung in ihren Bann zog. Es war einfach unmöglich, diesem Kind etwas Böses zu tun. Evelyn ist nie wieder zurückgekommen. Ich ging fort aus meinem Heimatdorf, ich konnte nicht mehr dort leben, wo mein Kind gelebt hatte. Überall im Haus hörte ich ihr unbeschwertes fröhliches Lachen. Überall sah ich ihr Gesicht, konnte sie riechen und wartete täglich darauf, dass sie plötzlich vor meiner Tür stand. Ständig musste ich an Evelyn denken. Mein Leben wurde sehr dunkel ohne meinen Sonnenschein. – Auf der Elbinsel Krautsand hatten

mein Mann und ich zum ersten Mal ohne Evelyn Urlaub gemacht. Sie war damals 16 Jahre alt und wollte mit einer Freundin und einem Interrail-Ticket Europa entdecken. Die Entscheidung hier zu leben wurde uns durch die wunderbare Landschaft und die netten Menschen einfach gemacht.«

Emilie konnte Anne gut verstehen. Krautsand hatte sie bereits am ersten Tag in den Bann gezogen. Die Elbinsel und ihre Bewohner besaßen einen Charme, dem man sich kaum entziehen konnte.

»Was hat das alles mit dem Sternberg zu tun, Anne? Und woher kommt das Blut an deinen Kleidern? Du hattest mich angelogen und mir erzählt, die Kleider seien durch Baumharz unbrauchbar geworden.«

Emilie hoffte inständig, dass die Geschichte von Anne und ihrer Tochter nichts mit den Ereignissen am Sternberg zu tun hatte. Vielleicht war alles eine Verkettung unglücklicher Umstände. Und doch musste sie Fragen stellen, Fragen, deren Antworten sie zu kennen glaubte.

Anne atmete schwer und hatte ihre Augen geschlossen. Sie nickte leicht. Ein stilles Geständnis? Emilie hätte am liebsten losgeschrien. Das Gespräch strengte sie wahnsinnig an. Sie hatte Angst, in einen Abgrund hinunterblicken zu müssen. Sie wollte weg und musste doch diese Fragen stellen.

»Emilie, mein Heimatdorf war Buttenhausen. Evelyn war während ihres Geografiestudiums oft am Sternberg. Sie liebte diesen Berg mit seinen Wacholderheiden und dem Sternbergbrünnele. Dort, in der Nähe des Brünneles, hatte sie einen Platz auf einem Felsvorsprung gefunden, an dem sie viel Zeit verbrachte. Letztes Jahr las ich in einer Zeitschrift bei meiner Heilpraktikerin von dem Geomantie-Seminar auf der Schwäbischen Alb. Ich war vollkommen durcheinander und obwohl mich mein Mann anflehte, nicht zurückzugehen, musste ich mich doch zu diesem Seminar

anmelden. Das Schicksal meiner Tochter hatte mich in all den Jahren fast täglich beschäftigt.
Vielleicht konnte ich meine Tochter doch noch finden oder zumindest etwas über ihr Schicksal erfahren. Ich musste noch einmal zum Sternberg, noch einmal von vorne beginnen, dort, wo Evelyn so gern herumgestreift war. Deshalb überredete ich den Seminarleiter auch, eine Exkursion dorthin zu machen. Als wir dann endlich einen ganzen Tag dort verbrachten und die Kräfte der Erde spürten, fühlte ich mich meiner Tochter sehr, sehr nahe.«
Anne rannen Tränen über die Wangen. Emilie ging zur ihr und hielt eine Hand fest, während sie die andere auf Annes Brustkorb legte.
»Danke, es ist gut so. Magst du uns einen Tee machen, Emilie?«
Anne lehnte sich im Sessel zurück und schloss ihre Augen. Erst als sie den duftenden Chai-Tee roch, öffnete Anne wieder die Augen und setzte ihre Erzählung fort.
»Alle Seminarteilnehmer spürten am Sternberg in der alten Basaltgrube eine unheimliche Kälte und negative Energie, während der restliche Berg sehr positive Kräfte hatte. Ich musste am nächsten Morgen noch einmal allein an diesen Ort. Es zog mich unwiderstehlich zu der Basaltgrube. Dort begann ich nach Spuren zu suchen. Es war verrückt, aber ich hatte die Hoffnung, irgendetwas zu finden, was sich nach so vielen Jahren Evelyn zuordnen ließ. Sie hatte mir oft von den Basaltsteinen erzählt. Sie war fasziniert von den Albsteinen. Zu Hause hatte sie eine ganze Sammlung mit Versteinerungen, löchrigen Kalksteinen, Dolomitsand, Tuff und vielem mehr. Mein Bauch sagte mir, dass ich die Grube genauer untersuchen musste. Aber wo? Nach einer Weile begann ich zwischen den Steinen am Boden zu suchen. Wie in Trance nahm ich Stein um Stein auf und legte ihn zur Seite.
Emilie spürte das Grauen in sich. Für eine Mutter musste es

schrecklich sein, nach ihrer eigenen Tochter graben zu müssen, ohne zu wissen, ob sie jemals fündig würde. Menschen, die verschwinden, hinterlassen bei Angehörigen oft eine Ungewissheit und Angst, die den Hinterbliebenen das Leben zur Hölle macht.

Emilie kniete sich wieder neben Annes Sessel und nahm ihre Hand. Sie bekam dafür ein schwaches Lächeln und Anne erzählte weiter.

»Zuerst fand ich einen Ohrring. Ich erkannte ihn sofort wieder. Es war der Ohrring meines Vaters, den er immer stolz getragen hatte und seiner Enkeltochter zu ihrer Geburt schenkte. Dann fand ich die ersten Skelettknochen. Ich grub wie besessen weiter. Immer mehr Knochen, Evelyns Amulett und den Ring von Rudi habe ich auch gefunden. Ich kniete nach so vielen Jahren auf dem kalten Grab meiner Tochter.

Dann stand plötzlich ein Mann oberhalb von mir am Rand der Grube. Er trug einen schwarzgrauen Schäferkittel und hatte einen Schäferstecken in der Hand. Seine Haare wurden vollständig von einem großen Schlapphut bedeckt, den er nach hinten geschoben hatte, um besser zu mir hinuntersehen zu können. An den Füßen trug er grobe Schaftstiefel mit einer Filzkrempe.

Ich hörte seinen entsetzten Aufschrei und sah, wie er dabei auf die Knie sank. Immer wieder hörte ich ihn ›Evelyn! Evelyn, bist du es, Evelyn?‹ rufen. Dann streckte er mit verzerrtem Gesicht seine Hände nach mir aus, als ob er den Verstand verloren hätte. Ungläubig und geschockt sah ich ihn an. Woher kannte er den Namen meiner Tochter und warum war er an diesen Ort gekommen? Ich war wie betäubt. Ich war wahnsinnig vor Schmerz. Es dauerte einige Augenblicke, bis ich wieder einen klaren Gedanken fassen konnte. Dieser Mann am Grubenrand musste Evelyn gekannt haben. Er war Schäfer, er kannte diesen Platz und er hatte mich mit ihr verwechselt.

›Woher kennst du meine Tochter? Wer bist du?‹
Ich schrie vor Verzweiflung, um mich herum schien sich alles zu drehen.
›Woher kennst du Evelyn, meine Tochter?‹
Der Schäfer schien mich überhaupt nicht zu hören. Plötzlich begann er zu stammeln und zu jammern.
›Ich wollte es nicht, ich habe meine Evelyn doch geliebt. Ich wollte es nicht tun. Niemals wollte ich ihr etwas zuleide tun. Niemals.‹
Der Schäfer schluchzte auf und begrub sein Gesicht in den Händen.
›Hast du meine Tochter umgebracht? Hast du sie hier verscharrt?‹
Ich muss vollkommen hysterisch gewesen sein.
Der Schäfer nickte schwach. Dann erhob er sich wortlos, drehte sich um und ging fort.
Bis ich reagieren konnte, war er bereits verschwunden. Der Mörder meiner Tochter lebte und Evelyn lag tot in dieser Grube. Warum hatte dieser Mann meine Evelyn umgebracht und hier verscharrt? Ich spürte unbändigen Hass in mir, und gleichzeitig hatte ich so viele Fragen an diesen Mann.«
Emilie blickte Anne hilflos an. Sie konnte ihr keine Antwort geben, denn sie hatte gehofft, dass sie eine andere Geschichte hören würde. Warum musste diese herzensgute Frau vor ihr so unmenschliches Leid erfahren, und wie sollte sie ihr helfen können?
»Warum hast du nicht die Polizei verständigt oder jemand anders um Hilfe gefragt? War es nicht fürchterlich, deine Tochter in der feuchten, kalten Grube liegen zu lassen?«
Anne reagierte gar nicht auf Emilies Fragen. Sie erzählte einfach weiter.
»Am nächsten Tag, ich glaube, es war ein Samstag, fuhr ich wieder zum Sternberg in der Hoffnung, den Schäfer anzutreffen. Ich hatte Evelyns Grab am Vortag, bevor ich die

Grube verlassen hatte, wieder mit Steinen zugedeckt. Ich wusste nicht, was ich tun sollte. Wer konnte mir schon helfen? Evelyn war doch schon lange tot.«

Emilie musste ihr innerlich recht geben. Damals, als Evelyn verschwunden war, konnte der Mutter auch niemand helfen. Die Anteilnahme am Verschwinden der Tochter wich bald dem Alltag der Dorfgemeinschaft und Annes Verzweiflung nahm immer mehr zu. Was halfen da die freundlichen Worte der Polizeibeamten und der Trost des Pfarrers? Sie brachten damals Evelyn nicht zurück.

»Am Sternberg ging ich am Waldrand oberhalb der großen Wacholderheide entlang. Nirgends war der Schäfer zu sehen. Es war kalt an diesem Tag, die Sonne konnte die kühle Herbstluft kaum erwärmen. Aus dem Auto hatte ich meine warmen Fellhandschuhe mitgenommen, die ich schon bald anziehen musste, weil meine Finger vor Kälte schmerzten. Ich beschloss, quer über die Wacholderheide den Hang hinterzugehen und dann in Richtung Schafhaus abzubiegen. Da entdeckte ich den Schäfer in der ehemaligen Sandgrube. Er stöhnte und war halb bewusstlos. An seinem Hinterkopf muss eine große Wunde gewesen sein, überall war Blut am Rand der Sandgrube.«

»Hat er dir nicht leidgetan in seinem hilflosen Zustand, Anne?«

»Nein, er war der Mörder meiner Tochter.«

Emilie hörte die eisige Kälte in Annes Stimme. Emilie war irritiert.

War sie wirklich eine kaltblütige Mörderin, oder war diese Kälte ein Selbstschutz vor dem Wahnsinn, den sie durchleben musste? In Emilie herrschte totales Chaos. Der Verstand sagte ihr, dass vor ihr eine Mörderin saß, die einen wehrlosen Menschen grausam umgebracht hatte. Das Gefühl sagte ihr, dass hier eine verzweifelte Mutter saß, die der Tod ihrer Tochter in den Wahnsinn getrieben und der Kummer aufgefressen hatte.

Anne war todkrank und würde bald sterben.
»Anne, was geschah dann in der Sandgrube?«
»Ich sah diesen Mann wie gebannt an, ich hörte sein Stöhnen, er versuchte seine Augen zu öffnen, bewegte seinen Kopf. Es gab in diesem Moment keinen Zweifel für mich: Er musste sterben. Meine Hände hoben den Schäferstecken am Rand der Sandgrube auf. Ich sah mich selbst auf den Schäfer zugehen. Ich stellte mich über ihn, hob den Schäferstecken mit beiden Händen an und stieß mit aller Kraft zu. Das Blut spritzte aus seinem Körper. Er riss beide Augen auf und starrte mich an. Blut – überall war Blut. Seine Augen… die Angst. Er hatte Angst zu sterben. So muss es auch Evelyn ergangen sein. Auch sie wollte leben.«
Emilie fühlte die Verzweiflung und den Wahnsinn in Annes Stimme. Vor ihr saß eine Frau die einen Menschen grausam ermordet hatte, doch war sie deshalb auch schuldig?
»Du sollst nicht töten«, »Auge um Auge, Zahn um Zahn«. Was war richtig?
Emilie fühlte, wie sie den Boden unter ihren Füßen verlor. Sie musste ihren Verstand benutzen, Fragen stellen.
»Und warum der Steinkreis und die Mulde, Anne?«
Emilies Stimme zitterte. Sie fühlte sich erschöpft und leer.
»Ich wollte, dass die Seelen ihren Frieden finden. Evelyn hat mir vor ihrem Verschwinden erzählt, dass sie sich in einen Schäfer verliebt hatte. Ihr Großvater war auch Schäfer und sie liebte es, mit ihm auf der Sommerweide zu sein. Oft waren sie tagelang unterwegs. Ich erinnere mich noch genau daran, als sie mir zum ersten Mal von Rudi, dem Schäfer, vorschwärmte. Ich konnte sie so gut verstehen. In ihrem Alter liebte auch ich einen Schäfer, nur siegte bei mir die Vernunft. Zu oft hatte ich meine Großmutter einsam erlebt. Im Sommer saß sie meistens auf der alten Bank vor ihrem Haus und sah sehnsüchtig und traurig in die Ferne.

Als ich den toten Schäfer in der Sandgrube vor mir sah, war all meine Verzweiflung weg. Ich fühlte keinen Hass gegenüber dem leblosen Körper, der vor mir lag. Er hatte seinen Schrecken verloren. Nun war alles vorbei und seine Seele sollte nur noch ihren Frieden finden. Ich legte einen Schutzkreis aus Steinen um ihn und brachte ihm von meiner Tochter den Ring, den er ihr geschenkt hatte, und die Fingerknochen, bei denen ich den Ring gefunden hatte. Der Wacholder sollte seine Seele reinigen und bewachen.«
Annes Gesicht war noch bleicher geworden. Sie war vollkommen in sich zusammengesunken und wirkte noch zerbrechlicher und verletzlicher als vorher. Mit jedem Wort ihres Geständnisses wich etwas mehr Lebenskraft aus ihrem Körper. Emilie blickte sie lange an. Das Entsetzen und Chaos in Emilie war Verständnis gewichen. Sie wusste, dass diese Frau etwas Fürchterliches getan hatte, und sie suchte doch nach einem Ausweg, der es Anne ermöglichte, in Frieden zu sterben. Emilie spürte, dass Anne ihr Verbrechen bereits seit vielen Jahren Tag für Tag gesühnt hatte.
Sie schwiegen eine lange Zeit. Danach blickte Anne auf, straffte ihren Oberkörper und atmete tief ein.
»Darf ich dich noch um etwas bitten, Emilie?«
Emilie nickte und sah Anne dabei fragend an.
»Als ich bei dir in Bremelau abgereist war und nach einer anstrengenden Fahrt mit vielen Erinnerungen und Tränen zu Hause ankam, war niemand da. Irgendwie hatte ich gehofft, mein Mann würde mich erwarten. Auf dem Tisch lag nur ein Zettel, dass er, wie immer in letzter Zeit, erst sehr spät nach Hause kommen würde. Als ich dann allein am Küchentisch saß, erinnerte ich mich an die Kisten mit Evelyns Sachen auf dem Dachboden. Über all die Jahre konnte ich sie nicht öffnen und hatte mich gefürchtet, hinaufzugehen.
Zwischen ihren Büchern, Schallplatten und Kleidern suchte ich nach Evelyns Tagebuch. Ich hatte es erst einige Wochen

nach ihrem Verschwinden in einer alten Schultasche gefunden, die sie, kurz bevor sie für immer weg ging, bei mir abgestellt hatte. Ich konnte damals in diesem Tagebuch nicht lesen. Zu groß war der Schmerz. Und als ich es nach so vielen Jahren wieder in den Händen hielt, spürte ich, dass ich auch nach so langer Zeit nicht genug Kraft haben würde, um es allein zu lesen. Jetzt ist die Zeit gekommen und ich möchte, dass du mir daraus vorliest, Emilie. Es ist dort im Schrank in der rechten Schublade.«
Einen Moment zögerte Emilie. Wollte sie die Wahrheit und die tragische Geschichte Evelyns erfahren? Sie musste es für Anne lesen. Die Geschichte musste ein Ende bekommen. Vielleicht fanden sie das Ende gemeinsam in diesem Tagebuch?

24. September 1989
Endlich hatte ich wieder Zeit, um an den Sternberg zu gehen. Im Archiv habe ich am Freitag Dokumente gefunden von einem Typen mit dem Namen »Kehrer«, der behauptete, um den Sternberg herum müsse sich noch das Grab einer Keltenfürstin befinden. Warum hat noch niemand nach dieser geheimnisvollen Grabstätte gesucht? Ich werde mir alle Grabungsberichte durchlesen. Vielleicht hat irgendjemand etwas übersehen.
Es war ein wunderschöner Herbst-Sonntag heute. Rudi hatte die Schafe auf der unteren Wacholderheide am Sternberg stehen und wir sind lange am Rand der Heide zusammengesessen und haben den Schafen und Hunden zugesehen. Er weiß so viel vom Leben.
Rudi hat mich gefragt, ob ich bei ihm bleiben möchte als Schäfersfrau. Er will mich heiraten. Ich musste lachen, weil er so süß war. Da ist er ganz komisch geworden. Er hat mich ganz unheimlich angeschaut. Manchmal ist er etwas seltsam. Morgen werde ich nach der Uni wieder zu ihm fahren. Er muss verstehen, dass ich ihn jetzt nicht heiraten will. Nach

dem Studium möchte ich noch ein paar Jahre ins Ausland. Mein Prof hat gemeint, es wäre gut, ein Jahr im Ausland zu investieren, weil man dann bessere Chancen auf einen Job hat. Habe lange mit Mama telefoniert. Sie hat sich Sorgen gemacht wegen des Studiums. Ich würde viel zu viel nebenher machen und jetzt auch noch Rudi. Ich muss meine Mama besuchen.

25. September 1989
Rudi hat sich gefreut, als ich ihn am alten Schafstall besucht habe. So als ob nie etwas gewesen wäre. Ich habe mich getraut, noch mal mit ihm über das Thema zu sprechen. Als ich ihm erklärt habe, dass ich ihn mag, aber jetzt nicht heiraten will, ist Rudi richtig ausgeflippt. Er hat mich angeschrien und ganz fest an den Armen gepackt und geschüttelt. Ich hatte plötzlich wahnsinnige Angst. Was habe ich falsch gemacht? Als ich noch mal versucht habe mit ihm zu reden, hat er nur gesagt: »Wenn ich dich nicht heiraten darf, dann darf das auch kein anderer.« Ich glaube es einfach nicht. Ich bin wieder nach Tübingen gefahren. Vorher hat mich Rudi angerufen und sich entschuldigt und ganz lieb gefragt, ob ich morgen wieder zu ihm kommen könnte. Er hätte eine Überraschung für mich. Ich bin ganz gespannt, was er sich hat einfallen lassen. Eigentlich bin ich immer noch sauer wegen des Theaters heute Nachmittag. Aber vielleicht ist er ja so wegen seines strengen Vaters und seiner kranken Mutter. Er hat es nicht einfach zu Hause und mit der Arbeit. Nie kann er es seinem Vater recht machen. Bevor ich morgen zu Rudi fahre, schau ich noch bei meiner Mama auf einen Kaffee und Zwetschgenkuchen vorbei. Ich liebe Mamas Zwetschgenkuchen.
Was wird das nur mit Rudi? Ist es richtig, wenn ich wieder zu ihm hingehe? Er hat mir heute fürchterlich Angst gemacht? Seine Augen, er hatte so einen irren Blick.

An dieser Stelle war das Tagebuch zu Ende.

Anne atmete schwer und hatte ihr Gesicht in den Händen verborgen.
»Warum habe ich nichts gemerkt? Warum hat sie mir nichts erzählt?«
»Ich glaube, deine Evelyn hat es einfach nicht für möglich gehalten, dass Rudi ihr etwas antut. Alles in ihren Aufzeichnungen deutet darauf hin, dass Rudi vor Eifersucht und Angst, sie zu verlieren, durchgedreht ist. Vermutlich hat er sie aus Liebe umgebracht – aus falsch verstandener Liebe.«
Anne hatte die Augen geschlossen und das Gesicht mit ihren Händen bedeckt. Sie schluchzte und begann zu weinen. Ihr Körper zitterte und Emilie ging zu Anne, um ihr eine Hand auf die Brust zu legen. Anne stellte keine Fragen mehr. Sie weinte die letzten Tränen um ihre Tochter und Emilie bat sie, das Kind nach so vielen Jahren endlich loszulassen.
Emilie verließ Annes Haus erst, als diese in ihrem Sessel eingeschlafen war. Die frische Abendluft tat ihr gut. Sie atmete tief durch und wischte sich über die Augen, als wolle sie die düsteren Bilder in ihrem Inneren wegwischen. Emilie war traurig und erschöpft. Hatte sie wirklich erfahren, was sie wissen wollte? Hatte sie nach dieser Wahrheit gesucht?
Auf dem Weg zu ihrer Ferienwohnung fuhr sie noch kurz bei Kirstin von Hackelberg vorbei, um ihr Bescheid zu geben, dass sie morgen schon wieder abreisen würde.
Sie klingelte an der Tür.
»Wie sehen Sie denn aus? Na denn kommen sie man schnell rein und setzen sich erst mal hin.« Frau von Hackelberg zog Emilie ins Haus und führte sie an den Esstisch im Wintergarten.
»Horst, diese Frau braucht einen kräftigen Korn und danach vielleicht noch einen gut gemischten Pernod. Kannst du mal in den Keller gehen und etwas hochholen?«

Horst war gerade erst in die Küche gekommen, um zu sehen, wer um diese Zeit noch geklingelt hatte. Kopfschüttelnd drehte er sich um und ging in den Keller. Er kam mit einer Flasche Korn, zwei Flaschen Cola und einer Flasche Pernod zurück.

Es war drei Uhr morgens, als Emilie in großen Bögen am Alten Hafen vorbei zu ihrer Ferienwohnung wankte. Der Korn und im Anschluss der Pernod hatten ihre Schuldigkeit getan und die dunklen Gedanken vertrieben. Sie hatte Kirstin und ihrem Mann erzählt, warum sie auf der Insel war, und trotz des traurigen Anlasses hatten sie viel gelacht und viel erzählt, geradeso, als würden sie sich schon viele Jahre kennen.

Als Emilie endlich ihr Bett gefunden hatte, fiel sie in einen tiefen, heilsamen Schlaf. Sie wollte nicht an den kommenden Tag und die Fragen zu Hause denken.

Gegen Mittag wachte sie auf, wankte ins Bad und stieß einen kleinen Schrei aus, als sie die Person im Spiegel erblickte. Der gestrige Abend und die letzte Nacht hatten deutliche Spuren hinterlassen und es dauerte einen Moment, bis Emilie sich erinnerte. Das Pochen in ihrem Kopf nervte und ihre Zunge fühlte sich vom vielen Pernod ziemlich pelzig an.

Es war deutlich nach 12 Uhr, als Emilie sich wieder wie ein Mensch fühlte und sich zu Anne aufmachte. Sie wusste, dass sie nicht ohne ein »offizielles« Geständnis abreisen konnte. Beim Zähneputzen hatte Emilie die Idee, das Geständnis mit einem Kassettenrekorder aufzuzeichnen. So machten das auch die Fernsehkommissare, wenn sie einen Verdächtigen verhörten.

Irgendwo würde sich bestimmt ein solches Gerät auftreiben lassen. Aber erst einmal wollte sie sehen, wie es Anne nach dem gestrigen Tag ging. Alles Weitere würde sich dann ergeben.

Emilie hatte das Gefühl, eine kleine Ewigkeit zu warten, bis die Haustür des ehemaligen Obsthofes endlich geöffnet wurde. Anne stand in eine Wolldecke gewickelt vor ihr. Ihre Augen ruhten in tiefen, dunklen Höhlen. Emilie meinte etwas Angst in ihnen zu sehen. Wortlos und behutsam nahm sie Anne in den Arm. Dann fasste Anne sie an der Hand und führte sie zu dem Schrank, aus dem Emilie gestern das Tagebuch geholt hatte. Dort zog Anne einen verschlossenen DIN-A4-Umschlag aus der Schublade und überreichte ihn Emilie.

»Mein Geständnis. Ich habe alles aufgeschrieben und unterschrieben. Soll ich jetzt mitkommen?«

Emilie war zu überrascht, um sofort zu antworten. Sie hielt den Umschlag mit beiden Händen fest und starrte auf ihn, als ob sie ihn mit ihren Augen durchleuchten wolle.

»Anne, ich kann dich nicht mitnehmen. Diese Entscheidung müssen andere treffen, sobald sie dein Geständnis gelesen haben.«

Emilie dachte in diesem Moment nicht an irgendwelche Gesetze oder Pflichten, die sie vielleicht hatte. Sie handelte nach ihrem Gewissen. Alles Weitere würde die Zeit bringen.

»Viel Kraft auf deinem Weg.«

Emilie ergriff Annes Hände und drückte diese sanft. Dann führte sie die schwerkranke Frau zu ihrem Sessel, half ihr beim Hineinsetzen und deckte sie mit der wärmenden Wolldecke zu. Ohne weitere Worte zu verlieren ging Emilie hinaus. Es war alles gesagt und getan.

Nach einem herzlichen Abschied von Kirstin und Horst von Hackelberg und dem festen Versprechen, wieder auf die Insel zu kommen, machte sich Emilie auf die Heimfahrt. Zuvor benutzte sie die Gelegenheit, ihren Lakritzvorrat nochmals aufzufüllen.

Theo telefonierte wie immer wild gestikulierend in seinem Büro, als Emilie die Tür öffnete. Mitten im Satz ließ er den Hörer sinken und sah Emilie etwas fassungslos an. Nach einem kurzen Moment erinnerte er sich an seinen Gesprächspartner am anderen Ende der Leitung: »Ich rufe Sie

nachher zurück«, sprach er geistesabwesend in den Hörer, legte das Telefon weg und ging auf Emilie zu.
»Was ist dir begegnet? Du siehst fürchterlich erschöpft aus. Wirst du krank?« Emilie lächelte dankbar, als sie die aufrichtige Fürsorge ihres Mannes spürte. Endlich konnte sie sich fallen lassen, er würde sie halten. Theo nahm Emilie in den Arm und sie konnte ihre Tränen nicht mehr zurückhalten. Besorgt führte er sie aus dem Büro und ging mit ihr zum großen Sofa im Wohnzimmer. Emilie setzte sich hin und ließ sich auf die Seite fallen. Theo zog ihr die Schuhe aus, legte ihre Füße aufs Sofa und deckte sie mit einer flauschigen Wolldecke zu. Dann ging er in die Küche, um einen Tee zu kochen. Als er zurückkam, schlief Emilie bereits tief und fest. Theo schüttelte den Kopf, stellte den Tee auf den kleinen, runden Wohnzimmertisch und ging zurück in sein Büro.
Es dauerte fast zwei Stunden, bis Emilie erneut die Bürotür öffnete und sich in den bequemen Sessel am Ofen setzte. Theo arbeitete gerade an einem Entwurf. Als er Emilie sah, unterbrach er seine Arbeit und wartete. Emilie begann zu erzählen und hörte erst an der Stelle auf, als sie sich in Krautsand wieder auf den Weg nach Hause machte. Theo hörte schweigend zu und schüttelte nur hin und wieder ungläubig den Kopf. Emilie hatte ihre Erzählung beendet und sah Theo nun abwartend an.
»Und wo ist das Geständnis von dieser Anne? Hast du es geöffnet, bevor du zurückgefahren bist, oder hast du nicht daran gedacht? Vielleicht steht ja gar nichts drin.«
Emilie sah Theo verständnislos an. Sie war gar nicht auf die Idee gekommen, das Geständnis zu lesen. Langsam stand sie auf und holte ihre Umhängetasche, in die sie den großen Umschlag gesteckt hatte. Sie übergab mit zitternden Händen den Umschlag an Theo, der ihn mit einem Brieföffner sorgfältig aufschlitzte. Dann entnahm er ihm mehrere Seiten liniertes DIN-A4-Papier, die mit einer rundlichen, schönen Handschrift beschrieben waren.

»Mit Füller geschrieben und mit einer angenehmen Handschrift. Selten heute, im Zeitalter der Computerschreibprogramme.«
Theo hob etwas die Augenbrauen und überflog mit geübtem Blick die Seiten.
»Du kannst beruhigt sein, Emilie, diese Anne hat ein lückenloses Geständnis verfasst. Und wie es scheint, war sie dabei im Vollbesitz ihrer geistigen Kräfte.«
Emilie atmete erleichtert auf.
Sie war in Krautsand so gefangen von den Ereignissen, dass sie vollkommen vergessen hatte, das Geständnis zu überprüfen. Sie war sich durchaus bewusst, auf welch schmalem Grat zwischen Recht und Verständnis sie sich für einen Menschen bewegte. Vielleicht wäre es besser gewesen, wenn Emilie das Geständnis nicht mitgenommen hätte. So musste sie es Grießinger geben und dann würde man die todkranke Mörderin verhaften. Aber vielleicht hatte Anne ja doch eine Chance, in Ruhe zu sterben. Jetzt kam erst einmal das Wochenende und am Montag musste Emilie mit ihrer Nachbarin das Gästehaus in Ordnung bringen sowie dringend einige Einkäufe erledigen. Am Dienstag würde sie bei Grießinger anrufen und einen Termin vereinbaren. Ihrem Freund Lichtner nötigte sie telefonisch das Versprechen ab, erst einmal nichts wegen der Knochenfunde zu unternehmen. Im Gegenzug versprach sie ihm ein gemeinsames Pasta-Essen und dass sie im Lauf der nächsten Woche persönlich Grießinger informieren würde.
Das Wochenende verlief harmonisch und erholsam. Keine sonntäglichen Anrufe von Kriminalhauptkommissar Grießinger, sympathische Gäste im Gästehaus und am Sonntag schafften es tatsächlich alle sechs Kinder Emilies, zum Kaffeetrinken zu kommen. Die älteste Tochter war hochschwanger und Emilie fieberte engagiert und neugierig mit, was es denn wohl wird und wann das Kind auf die Welt kommen würde. Gemeinsam mit ihrer Tochter hatte Emilie

die Geburtsklinik ausgesucht und eine wunderschöne Wiege mit Himmel hatte die glückliche Oma in spe kurzerhand ebenfalls besorgt.
Am Montag kamen keine neuen Informationen aus Krautsand. Emilie war etwas beunruhigt. Morgen musste sie bei Grießinger anrufen.
Lichtner hatte darauf bestanden, gleich am Montag für sein Schweigen belohnt zu werden, und so trafen sie sich beim Nobel-Italiener in Reutlingen. Es war ein schöner, amüsanter Abend, der vor 25 Jahren von Emilie bestimmt mit einer leidenschaftlichen Nacht fortgesetzt worden wäre. Doch an diesem Abend hatte sie sich abgesichert. Gerade in dem Moment, als Lichtner den Arm um sie legte und ihr eine romantische Einladung ins Ohr flüstern wollte, klingelte Emilies Handy. Emilie drehte sich aus Lichtners Umarmung und sah auf das Display.
»Moment, da muss ich kurz ran. Es ist Julia, meine hochschwangere Tochter. Vielleicht geht es endlich los.«
Emilie hatte Mühe, sich das Lachen zu verkneifen, als ihre Tochter losprustete und atemlos vor Lachen ihre Mutter fragte, ob sie sich des leidenschaftlichen Verehrers noch erwehren könne. Mit möglichst besorgtem Gesicht antwortete Emilie:
»Ich komme sofort, mein Kind, schön atmen und nur keine Aufregung. Sag deinem Dominik, er soll alles zur Abfahrt hinrichten. Ich fliege, mein Schatz. Bis gleich.«
Mit größtem Bedauern sah Emilie Lichtner an, der seine Enttäuschung nur mühsam verbergen konnte.
»Mein liebster Fritz, es hat nicht sollen sein. Ich muss los und meiner Tochter beistehen. Aber ich verspreche dir, aufgeschoben ist nicht aufgehoben. Wir holen alles nach.« Zum Abschied drückte sie ihm noch einen Kuss auf die Backe und verschwand schnell in Richtung des Ausgangs. Zurück blieb ein etwas frustrierter aber doch nicht ganz hoffnungsloser Fritz Lichtner, der zielstrebig die nächste Bar

ansteuerte, um sich einen extragroßen Caipirinha zu gönnen.
Emilie beeilte sich nach Hause zu fahren. Theo lag schon im Bett und schnarchte vor sich hin. Es dauerte nicht lange, bis auch Emilie einschlief. Es sollte eine unruhige Nacht werden, immer wieder kreisten ihre Gedanken um den morgigen Anruf bei Grießinger. Emilie wurde von Gewissensbissen geplagt. Mit etwas Abstand war sie sich nicht mehr ganz sicher, ob ihre Handlungsweise eine gute Idee war.
Am Dienstagmorgen quälte Emilie sich aus dem Bett. Nachdenklich trank sie eine Tasse Tee und verzehrte lustlos dazu ihr Gsälzbrot. Danach griff sie endlich zum Telefon.
»Kriminalhauptkommissar Grießinger, Josef. Sie wünschen?«
Emilie zuckte zusammen, als sie die eigentlich vertraute Stimme hörte.
»Guten Tag, Herr Grießinger. Hier spricht Emilie Berta Lämmle. Ich bräuchte einen Termin bei Ihnen, eventuell noch diese Woche.«
»Ich grüße Sie, Frau Lämmle. Haben Sie etwas angestellt, oder was verschafft mir die Ehre einer Terminanfrage. Wär's dringend?«
»Also, Herr Grießinger, hoffen Sie noch immer, mich endlich einsperren zu können? Richtig dringend ist es nicht unbedingt. So wie sie halt Zeit haben.«
»Dann kommen Sie doch am Freitagvormittag vorbei?«
»Freitag würde passen. So gegen 11 Uhr wäre ich bei Ihnen.«
Emilie legte grußlos den Hörer auf. Sie hatte Herzklopfen und ihre Hände waren schweißnass. Endlich hatte sie es geschafft anzurufen und wollte nun alles aufklären.
Am Dienstag erhielt sie keine neuen Nachrichten aus Krautsand. Auch an den nächsten beiden Tagen nicht. Am Donnerstag ging Emilie dann zum Metzger Fallenschütz einkaufen. Sie hatte beschlossen, angesichts der aussichts-

losen Lage, in der sie sich befand, sich am Freitag von der freundlichen Seite bei Grießinger zu zeigen. Immerhin deckte sie eine Mörderin.

Freitag, 11 Uhr. Emilie stellte ihren großen Korb vor Grießingers Büro ab und klopfte beherzt an die Tür. Dann hob sie den Korb wieder an, hinter dem ihr Oberkörper fast vollständig verschwand.

Baisch öffnete die Tür, blieb erschrocken stehen und rief nach hinten in den Raum: »Chef, hier steht ein riesiger Vesperkorb auf Füßen vor der Tür.«

Grießinger stand neugierig auf, kam hinter seinem Schreibtisch hervor und ging Richtung Tür.

»Baisch, du Seggel, das ist doch die Frau Lämmle. Siehst du das nicht an den bunten Socken von dem Wurstkorb.«

Er konnte sich ein Grinsen nicht verkneifen und bat Frau Lämmle herein.

»Stellen Sie den Korb auf unseren Ves... äh... Besprechungstisch ab.«

Emilie schleppte schnaufend den Korb zum Tisch in der Mitte des großen Raumes und stellte ihn mit einem Stöhnen ab.

»So, vielen Dank den Kavalieren für die tätige Mithilfe. Aber essen können Sie die Sachen schon allein, oder?«

Bei Emilies Worten blickten sich die drei Kommissare fragend an.

»Ja ist das etwa für uns, Frau Lämmle? Der ganze Korb? Dann müssen Sie ja etwas Gewaltiges angestellt haben.«

»Noch einmal, Herr Grießinger, ich habe nichts ausgefressen. Der Mordfall am Sternberg ist aufgeklärt, und zur Feier des Tages habe ich euch dreien ein kleines Vesperkörble mitgebracht.«

Haible und Baisch leckten sich bereits freudig die Lippen und strichen sich mit der Hand über den Bauch. Emilie befürchtete, dass ihnen demnächst der Speichel aus den Mundwinkeln tropfen würde.

Sie hielt Grießinger den geöffneten Umschlag hin.
»Lieber Herr Kriminalhauptkommissar Grießinger, ein Zufall hat mir dieses Dokument zugespielt. Lesen Sie es bitte durch und treffen Sie dann alle notwendigen Maßnahmen.«
»No net hudla, Frau Lämmle. Ob es überhaupt Maßnahmen gibt, entscheide immer noch ich.«
Grießinger setzte sich an seinen Schreibtisch und las gebannt Annes handschriftliche Aufzeichnungen.
»Haible, Baisch«, schrie er plötzlich mit sich fast überschlagender Stimme. »Schauen Sie sofort in einer Karte nach, wo die Elbinsel Krautsand liegt, und verständigen Sie dann das Polizeirevier in der nächsten größeren Stadt. Dort oben läuft eine Mörderin frei herum.«
»Jawoll, Chef, wird gemacht. Und was passiert mit dem Vesper?«
»Jetzt mal langsam, meine Herren. Die Mörderin ist eine todkranke Frau, die weder herumläuft noch gefährlich ist. Ich würde vorschlagen, Sie vespern in Ruhe und ich erzähle Ihnen mehr zu der Geschichte. Dann können Sie die Frau immer noch verhaften lassen.«
Murrend stimmte Grießinger zu.
Der Vesperkorb, den Emilie beim Fallenschütz organisiert hatte, war gefüllt mit Schwarzwurst, geräuchter Schinkenwurst, Hausmacher-Leberwurst, Rauchfleisch, Pfefferbeißern, Albbüffelwürstle und einem Ring Lyoner, einer Schüssel mit Wurstsalat, einem Häfele Griebenschmalz, Albkäs, Baurakäs und Rotkäs, Senf und einem Laib frisch gebackenem Bauernbrot.
Der Anblick und Duft dieses zünftigen Vespers entlockte den anwesenden Kommissaren den einen oder anderen Ausruf wie zum Beispiel: »Holla«, »Do gugscht na«, »Heiligsblechle, des isch wirklich a rechts Veschper.«
Emilie blickte amüsiert in die Runde und während die Herrschaften genüsslich über die herzhaften Leckereien

herfielen, erzählte sie ihnen die Geschichte der letzten Tage. Nur mit den Zeitabläufen ging sie in ihrer Erzählung etwas kreativ um, damit erst gar kein Verdacht seitens der Ermittler aufkommen würde. Die Sorge war allerdings unbegründet angesichts der zufriedenen Personen am Tisch, die Wurst um Wurst den Korb leerten.

Als Emilie ihren Bericht beendet hatte, blickte sie zu Grießinger hinüber. Der schien intensiv nachzudenken und klopfte dabei mit dem Vespermesser auf den Tisch. Dann stand er plötzlich auf und ging auf Emilie zu. Die stand etwas unsicher auf und wartete. Grießinger streckte zu ihrer Verblüffung seine Hand aus.

»Das war jetzt net ganz schlecht, Frau Lämmle.«

Emilie verkniff sich ein Grinsen und nahm die Hand an. Sie wusste, dass bei einem richtigen Älbler galt: »Nicht geschimpft ist genug gelobt!« Und ob er jetzt ihre »Ermittlungsarbeit« oder ihren Vesperkorb gelobt hatte, war ihr eigentlich egal.

»So, Herrschaften, jetzt wird wieder geschafft. Baisch, Sie klären das mit der Karte. Haible, Sie nehmen die Aussage von Frau Lämmle zu Protokoll. Vor dem Wochenende will ich diesen verflixten Fall endlich in den Akten haben.«

Dann griff er zum Telefonhörer und rief seinen Dienststellenleiter an.

Nachdem er ihm ausgiebig von seinem Ermittlungserfolg erzählte hatte, nahm Grießinger voll Stolz die Glückwünsche entgegen und verabschiedete sich untertänig von seinem Vorgesetzten. Anschließend blickte er etwas unsicher zu Emilie, die ihm aber freundlich zulächelte und den Daumen nach oben reckte.

Es machte ihr nichts aus, Grießinger den Erfolg zu überlassen. Emilie hatte einige Macken, litt aber mit Sicherheit nicht an männlicher Profilierungssucht.

Erleichtert grinste Grießinger zurück. Vermutlich war Frau

Lämmle ein Muggaseggele in seiner Wertschätzungsskala gestiegen.
»Aber beim nächsten Mal verbitte ich mir jegliche Einzelaktionen. Haben wir uns da verstanden, Frau Lämmle?«
Außer Emilie sah niemand der Anwesenden, wie Grießinger bei diesen Worten leicht ein Auge zusammenkniff.

Nachtrag

Der Schäfer Voigt wurde wegen des Verkaufs von Übungsmunition und unterlassener Hilfeleistung zu einer satten Geldstrafe verurteilt. Daher mussten seine Schafe nicht allzu lange auf ihn warten.

*

Lichtner schmollte noch eine ganze Weile. Sein Zustand besserte sich auch nicht, als er erfuhr, dass an jenem verunglückten Abend das Kind gar nicht auf die Welt kam, sondern erst zwei Wochen später.

*

Haible und Baisch erinnerten sich noch lange an den wunderbaren Vesperkorb von Frau Lämmle. Baisch musste allerdings nach dem Riesenvesper ein paar Tage das Bett hüten. Vielleicht hätte er doch nicht den Ring Schwarzwurst fast ganz allein essen sollen, nachdem er bereits einen Ring Lyoner und das halbe Rauchfleisch verdrückt hatte. Am Schmalz konnte sein malträtierter Verdauungsstrakt nicht gelitten haben, denn das hatte er mit viel Bauernbrot in sich hineingeschoben und mit noch mehr Most hinuntergespült.

*

Grießinger verzichtete auf eine genauere Überprüfung der zeitlichen Zusammenhänge. Er war froh, den Fall endlich abschließen zu können, und hoffte inständig, dass in der nächsten Zeit nur noch unkomplizierte Fälle auf seinen Schreibtisch gelangten. Erstmals in seiner langen Polizeilaufbahn sehnte er sich nach einem einfachen Mord mit eindeutigen Beweisstücken.

*

Anne hatte es doch noch geschafft. Als die Stader Polizei zum alten Apfelhof fuhr, um sie zu verhaften, war sie gerade beim Arzt und wurde deshalb auf die Fahndungsliste geschrieben. Am Wochenende fand entlang der Elbe eine Großdemonstration gegen die geplante Elbvertiefung statt und die Polizei hatte alle Hände voll mit gewaltbereiten Demonstranten zu tun, die die Polizeikräfte mit Äpfeln bewarfen. So konnte auch an diesen beiden Tagen der Haftbefehl nicht vollstreckt werden.

*

Sonntagnacht durfte Anne endlich sterben. Emilie bekam die Nachricht per Post. Kirstin von Hackelberg hatte ihr ein Leuchtturm-Bild und die Todesanzeige aus der Zeitung geschickt.

*

Emilie hatte den Brief noch in der Hand, als sie ins Wohnzimmer kam. Theo blickte von seiner Zeitung auf und sah sie an. In ihrem Gesicht spiegelte sich eine Mischung aus Trauer und Erleichterung wider. Unter dem Tisch regte sich Laika, kam hervor und setzte sich erwartungsvoll vor Emilie hin. Diese musste lächeln und ging zu ihrem roten Lieblingssessel, in den sie sich erschöpft hineinfallen ließ.
»Komm her, Laika«. Die Hündin kam angetrottet, legte ihren Kopf auf die Armelehne und wartete, bis sie endlich gekrault wurde. »Nun scheinst du ja doch hierzubleiben, oder?« Dabei sah sie zu Theo hinüber, der ein zustimmendes Brummen von sich gab. »Könntest du dir vielleicht vorstellen, mein allerliebster Theo, ein wohltemperiertes Bad mit mir zu teilen?« Bevor Theo jedoch antworten konnte, klingelte das Telefon.
»Lämmle, guten Tag. – Ach, hallo Frau Buck ...«
»Die Badewanne«, drängelte Theo. Mit der Hand wedelte Emilie ihn aus dem Zimmer und versuchte wild gestikulie-

rend verständlich zu machen, dass er endlich das Wasser einlaufen lassen sollte.

»Ja, Sophie Buck aus Hülben. Wir haben uns doch letztes Jahr bei einem Vortrag zum Heidengraben kennen gelernt.«

Emilie verdrehte die Augen. Was wollte diese Frau von ihr? Und warum klang sie so aufgeregt? Für heute hatte Emilie genug von Problemen und Katastrophen. »Frau Buck, kann ich Sie morgen früh zurückrufen? Ja, versprochen. Moment bitte, ich notiere mir schnell ihre Telefonnummer: 07125… – Gut, Frau Buck, bis morgen früh.«

Emilie war ausnahmsweise nicht bunt gekleidet, als sie das Badezimmer betrat. Theo musste grinsen und machte in der Badewanne Platz, während Laika sich quer vor die geschlossene Tür legte und winselte.

Danksagung

Das Buch ist meinem Sohn Finn gewidmet, der für diesen Krimi sogar im Urlaub auf seinen Vater verzichtet hat.

Bedanken möchte ich mich herzlich bei Herrn Artur C. Ferdinand, der dort die richtigen Worte und Namen fand, wo sie mir fehlten. Allergrößten Dank an Frau Anne Wehland, vom Verlag Oertel+Spörer, für das unermüdliche Vertrauen in dieses Projekt und ihre (fast) endlose Geduld.

Von Herzen danke ich meiner Frau, die mich vom ersten bis zum letzten Wort begleitet und unterstützt hat, selbst dann noch als sie sich in der einen oder anderen Situation wiedererkennen musste.

Herzlichen Dank auch an Andrea, die mit ihrem Gespür für die Schwäbische Seele den ersten Vorschautext mit auf dem Weg brachte und somit quasi zur Geburtshelferin wurde.

Unserer Freundin Inge gilt ebenfalls mein besonderer Dank. Sie hat mich mit ihren begeisterten Fragen nach dem Stand des Krimis immer wieder ans Weiterschreiben erinnert.